13-3

くらしの形見

13-4

くらしの形見

13-5

くらしの形見

13-6

くらしの形見

13-7

くらしの形見

BEB JEB REB
CEB KEB SEB
DEB LEB TEB
FEB MEB VEB
GEB NEB WEB
HEB PEB VEB
THE CAT
EATS A RAT
CAT RAT

13-8

くらしの形見

# 小泉八雲

MUJI BOOKS

# くらしの形見 ｜ #13 小泉八雲

小泉八雲がたいせつにした物には、
こんな逸話がありました。

13−1 ｜ **トランク**
来日の際、持ってきたもの。1890(明治23)年3月18日にバンクーバーを出港し、4月4日に横浜港に到着しました。

13−2 ｜ **船形の虫籠**
毎年いろいろな虫を飼い、その鳴き声に耳を傾けました。曰く、「虫を真に愛する人種は、日本人と古代ギリシャ人だけである」。

13−3 ｜ **自筆の絵「蛙」**
民族楽器らしきものに腰掛けた蛙の姿。日本人が蛙の声を詩歌に詠んできたことを「幸福な自然観」と言いました。

13−4 ｜ **ホラ貝**
煙草の火がなくなったときなど、このホラ貝で知らせました。セツ夫人が江の島で買い求めたもの。

13−5 ｜ **石狐**
松江にくらした時代、たびたび城山稲荷神社を訪れては境内を取り囲む大小無数の石狐を見つめました。

13−6 ｜ **鉄亜鈴**
「最小の時間に最大の運動量を得たい」という思いから、日々の運動に用いました。重さ12ポンド(5.4キロ)の鉄亜鈴。

13−7 ｜ **机と椅子**
左目の視力を失っていたため、原稿を書くのに苦労した八雲。特注の机と椅子は、机の背が通常より高いことがわかります。

13−8 ｜ **英語練習教材**
長男・一雄の英語レッスンのために、絵と単語を並べて書き、わかりやすく教えました。新聞紙に墨と筆で書かれています。

撮影 ｜ 永禮 賢

# 目次

YAKUMO 0

図版番号は、一五四ページの「逆引き図像解説」をご参照ください。

# 小泉八雲の言葉

日本の第一印象は、香水のごとく捉《とら》えどころがなく、移ろいやすい。

「東洋の第一日目」訳／池田雅之
My First Day in the Orient
(Glimpses of Unfamiliar Japan, 1894)

夜など、障子を閉めきったままの日本の家は、
ちょうど紙を張った大きなあんどんのように見える。

「旅日記から」訳／平井呈一
From a Traveling Diary
(Kokoro, 1896)

…ukushi gata
…i ji ni masaru
…fushigi
…o wo abura no
…an shi-aan.

Ta…
Kami…
Sa…
Norik…
Hegas…

…a-hegashi

Hégasa…
Rokuji no f…
Yurei n…
Nam)ma i…
~~Kazo e to…~~
Kazoété zo

YAKUMO 1

日本庭園の美を理解するためには、
石の美しさを理解しなければならない。

「日本の庭にて」訳／池田雅之
In a Japanese Garden
(Glimpses of Unfamiliar Japan, 1894)

神道でいうお宮《みや》とかお社《やしろ》にまつわる不思議な観念について
西洋人に説明を試みるときは、
英語のshrineとかtempleといった言葉を当てはめるよりも、
ghost house（死者の霊魂が住まう家）とでも英訳した方が、
理解し易いのではなかろうか。

「生神様」訳／池田雅之
A Living God
(Gleanings in Buddha-Fields, 1897)

もう二十五年もまえのことになるが、ある年の夏の宵、わたくしはロンドンのある公園で、ひとりの少女が、ちょうどそこを通りかかった通行人に、「こんばんは」といっているのを聞いたことがある。言ったことばは "Good night" ——ただこの二語だけであった。もちろん、わたくしはその少女がなにものだか知る由もなかったし、顔も見はしなかった。声も、その後二どと聞いたことはない。ところが、その後百の季節が移り去ったのちになっても、いまだにその少女の「こんばんは」を思い出すと、わたくしは、なにか心の浮きたつような、同時に、なにか胸を緊めつけられるような、このふたつの気もちがふしぎに交錯した、あるあやしい心もちを唆《そそ》られるのである。

「門つけ」訳／平井呈一
A Street Singer
(Kokoro, 1896)

そもそも、人間の感情とはいったい何であろうか。
それは私にもわからないが、
それが、私の人生よりもずっと古い何かであることは感じる。

「盆踊り」訳／池田雅之
Bon-Odori
(Glimpses of Unfamiliar Japan, 1894)

生まれ故郷を離れて旅したことのない人は、
幽霊《ゴースト》というものを知らずに
一生を過ごすのではないだろうか。

「幽霊」訳／池田雅之
Ghost
(Karma, 1918)

YAKUMO
2

YAKUMO
3

船頭はひと漕ぎするたびに、
耳にしたこともないような不思議な節回しを繰り返し歌う。
その切々とした物悲しい舟唄を聞いているうちに、
西インド諸島の海で耳にしたスペイン系クレオール人の
古い民謡の調べを、私は思い出した。

あーらーほーのーさんーのーさ、
いーやーほーえんーや！
ぎーー！
ぎーー！

「美保関にて」訳／池田雅之
At Mionoseki
(Glimpses of Unfamiliar Japan, 1894)

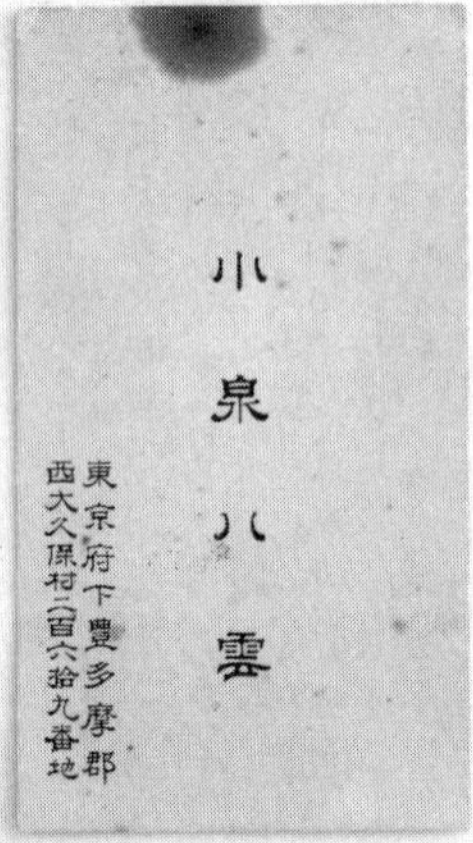
小泉八雲
東京府下豊多摩郡
西大久保村二百六拾九番地

YAKUMO
5

彼らは全員、純日本式の服装、しかも礼装をしており、
すばらしい絹の袴《はかま》に絹の着物、
そして、家紋のついた絹の羽織を着けていた。
その豪華で威厳に満ちた様子に、
私は自分が平凡な西洋の服を着ていることを、
恥ずかしく感じた。

「英語教師の日記から」訳／池田雅之
From the Diary of an English Teacher
(Glimpses of Unfamiliar Japan, 1894)

新刊の書物が出たと聞いたら、いつでも古典を読みたまえ。

「読書について」訳／池田雅之
On Reading in Relation to Literature
(Life and Literature, 1917)

YAKUMO
6

YAKUMO
7

私はすでに自分の住まいが、少々気に入りすぎたようだ。
毎日学校の勤めから帰ってくると、
まず教師用の制服からずっと着心地のよい和装に着替える。
そして、庭に面した縁側の日陰にしゃがみこむ。
こうした素朴な楽しみが、
五時間の授業を終えた一日の疲れを癒《いや》してくれる。

「日本の庭にて」訳／池田雅之
In a Japanese Garden
(Glimpses of Unfamiliar Japan, 1894)

〈セツ夫人の言葉〉

私が昔話をヘルンに致します時には、
いつも始めにその話の筋を大体申します。
面白いとなると、その筋を書いて置きます。
それから委《くわ》しく話せと申します。それから幾度となく話させます。
私が本を見ながら話しますと「本を見る、いけません。ただあなたの話、
あなたの言葉、あなたの考えでなければ、いけません」と申します故、
自分の物にしてしまっていなければなりませんから、
夢にまで見るようになって参りました。

「思い出の記」１９１４年

〈セツ夫人の言葉〉

私は外出したおみやげに、
盲法師の琵琶を弾じている博多人形を買って帰りまして、
そっと知らぬ顔で、机の上に置きますと、
ヘルンはそれを見るとすぐ「やあ、芳一」と言って、
待っている人にでも遇ったという風で大喜びでございました。

「思い出の記」1914年

小サイ可愛イママサマ。

ヨク来タト申シタイアナタノ可愛イ手紙、今朝参リマシタ。口デ言ヘナイ程喜ビマシタ。ママサマ、少シモアブナイ事ハアリマセン。ドウゾ案ジナイデ下サイ。今年ハ一度モ夜ノ海ニ行キマセン。乙吉《オトキチ》ト新美《シンミ》ノ二人ガ、子供ヲ大事ニ気ヲ附ケマス。一雄《カズヲ》ハ深イ所デ泳イデモ危イコトハアリマセン。此ノ夏ハクラゲヲ大変恐レマス。然シヨク泳ギ、ソシテヨク遊ビマス。（中略）

私少シ淋シイ。今アナタノ顔ヲ見ナイノハ。未ダデスカ。見タイモノデス。蚤ガ群ツテ集マルノデ眠ルノハ少シムツカシイ。然シ朝、海デ泳グカラ、皆、夜ノ心配ヲ忘レマス。今年私ハ、小サイタラヒノオ風呂ニ二三日毎ニ入リマス。

パパカラ　　焼津　八月十七日

可愛イ子ニ、ソレカラ皆ノ人ニヨロシク。

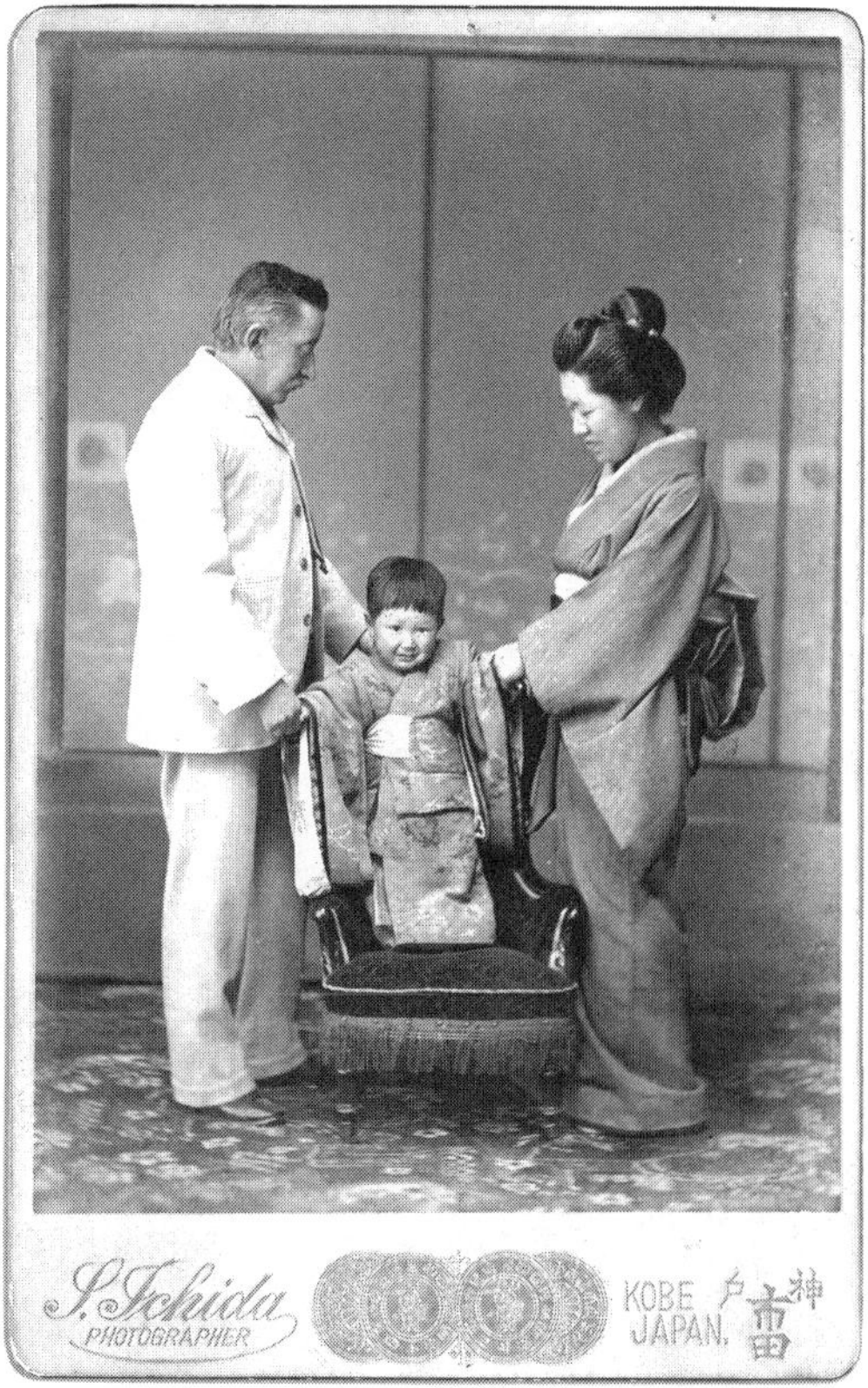
S. Ichida
PHOTOGRAPHER
KOBE
JAPAN.
神戸
市田

さて、それでは、この古い風変わりな町を
ぶらぶらと散策に出かけるとしようか。

「神々の国の首都」訳／池田雅之
The Chief City of the Province of the Gods
(Glimpses of Unfamiliar Japan, 1894)

YAKUMO
9

# オシドリ

訳／円城 塔

ムツ地方、タムラ・ノ・ゴーに、鷹匠と猟師を兼ねるソンジョーという者がいた。ある日、狩りに出かけたものの、何も獲物が見つからない。と、その帰り道、アカヌマと呼ばれる場所で川を渡ろうとしたところ、つがいのオシドリ（北京ダック）が並んで泳いでいくのに気がついた。オシドリを殺すのは良くないことだが、ソンジョーはそのときひどく腹が空いており、つがいを狙って矢を放った。矢は雄鳥を貫き、雌は向こう岸の草叢《くさむら》へ跳び込んで姿を消した。ソンジョーは死んだ鳥を持ち帰り、それを調理した。

その夜彼は、もの哀しい夢を見た。美しい婦人が部屋に入ってくると彼の枕元へ立ち、すすり泣きはじめるのである。その痛切な嘆きように耳を澄ませる間、ソンジョーは胸が張り裂けそうになっていた。婦人は彼に訴えて、「どうして、――ああ！　どうして彼を殺したのです？――一体何の罪があったので

すか？……わたしどもはアカヌマで幸せに一緒に暮らしておりましたのに、――あなたが彼を殺したのです！……彼があなたに何かしたことでも？　何をしたかおわかりなのですか？――ああ！　どれほど残酷で道に外れた行いかおわかりですか？……あなたはわたしも殺したのです、――夫なしでどうして生きていけましょう！……それだけを言いたくてやってきたのです」……そうしてまた大きな声で嘆きはじめ、――その声の痛々しさは、耳にする者の骨を貫き髄に達するほどであり、――その女性は涙声につかえながらも、次のような詩を詠んだ。――

ヒ　クルレバ
サソエシ　モノ　ヲ――
アカヌマ　ノ
マコモ　ノ　クレ　ノ
ヒトリ・ネ　ゾ　ウキ！

（「夕暮れの訪れに、共に帰ろうと言っていたのに――！　今はアカヌマの草叢の陰に一人身でいる――ああ！　この悲しみは言いようもない！」）

この詩を詠み終えると、声高に、――「ああ、あなたはおわかりではないのです――何をしたのか知る由もないのです！　でも明日、アカヌマへ行けば、――おわかりになるでしょう……」そう言うと、痛ましげに涙を流し、去って行った。

朝起き出したソンジョーは、この夢が心にとても生々しく蘇り、ひどく胸が騒いだ。彼は婦人の言葉を思い出し、――「でも明日、アカヌマへ行けば、――おわかりになるでしょう……」夢がただの夢かどうかがわかるかも知れず、彼はすぐに行くことに決めた。

そうして彼はアカヌマへ出向き、そこで、川岸にたどり着いてみると、あの雌のオシドリが一羽で泳いでいる。鳥の方でも時を同じくソンジョーに気づき、しかし逃げようとするのではなく、彼に向かってまっすぐに泳ぎはじめて、その間、彼を奇妙な目つきでじっと見つめているのである。そうして、不意に彼女の嘴《くちばし》が上がり、突然自分の体を引き裂いて、猟師の前で死んでしまった……。

ソンジョーは頭を剃り、僧侶となった。

Oshidori (Kwaidan, 1904)

# 耳無し芳一

訳／池田雅之

今を去る七百年あまり昔のこと、平家と源氏は長い戦を続けておりましたが、その最後の決戦が、下関海峡の壇ノ浦で行われました。

この壇ノ浦の戦いで、平家一族は、一族の女子ども、それに今日、安徳《あんとく》天皇として知られている幼い天子もろとも、滅び去ってしまいました。

このあたりの海と浜は、七百年の間、平家の亡霊に悩まされてきました。以前、私は、平家蟹《がに》という奇妙な蟹について話をしたことがありましたが、その蟹は甲羅に人の顔があって、平家の武士たちの霊が宿っていると言われておりました。そして今でも、不思議なことが、数多く見聞きされております。

闇夜には、幾千もの人魂《ひとだま》が海辺をさまよい、波の上を飛び交うのです。それは青白い光で、漁師たちは鬼火と呼んでいます。風が強くなるときはいつも、鬨《とき》の声のような雄叫《おたけ》びが、その海から聞こえてきます。

しかし以前は、平家一族の亡霊は、今よりずっと成仏できずにおりました。夜中にそのあたりを通る船のまわりに現れては、沈めようとしたり、泳いでいる人たちがいると、いつも待ち受けていて、海中へ引きずりこもうとしました。阿弥陀寺《あみだじ》という寺が、赤間関《あかまがせき》に建てられたのは、これらの死者の霊を慰めるためでした。海沿いの寺のすぐそばに、墓地も設けられ、入水《じゅすい》された天子と主だった家臣たちの名前を刻んだ墓碑が、いくつか建てられました。また、彼らの霊を鎮めるために、毎年、そこで仏事供養も行われました。

寺が建てられ、墓がつくられてからは、平家の亡霊も以前ほど祟《たた》らなくなりましたが、それでも、奇妙なことは続きました——それは、死者の霊がまだ十分な安息を得ていないという証《あかし》でした。

幾百年か前、赤間関に芳一《ほういち》という名の盲が住んでおりました。芳一は、琵琶《びわ》を奏でながら吟じるのが巧みなことで知られていました。幼い頃から、琵琶の弾き語りを学び、少年の頃には、早くも師匠たちを凌《しの》ぐ腕前になっていました。

本職の琵琶法師となってからは、なによりも源平の物語を吟じることで名を馳《は》せるようになりました。ことに、壇ノ浦の合戦の段を語るときには、「鬼神も涙を流さずにいられぬ」と言われるほどでした。

琵琶法師として一人立ちしたばかりの頃、芳一は大変貧乏でした。しかし幸い、なにかと芳一を助けてくれるよい後楯《うしろだて》がありました。阿弥陀寺の和尚《おしょう》は、詩歌や音楽を好み、よく芳一を寺に招いては琵琶を弾かせ、吟じるのを聴きました。

やがて、和尚は、その素晴らしい腕前にたいそう感心して、寺に住むようにと勧めました。芳一は有り難く、それに従いました。寺の一間を与えられ、食事と宿のお礼としては、約席のない晩は、琵琶を弾き、歌を吟じて、和尚に喜んでもらえればよいのでした。

ある夏の晩のこと、和尚は檀家に不幸があって通夜に呼ばれ、小僧を連れて出かけて行きました。芳一はひとり、寺に残されました。

蒸し暑い晩で、目の見えない芳一は、涼もうと寝間《ねま》の前の縁側に出ました。縁側は、阿弥陀寺の裏手の、小さな庭に面していました。

芳一は、そこで和尚の帰りを待っていましたが、淋《さび》しさをまぎらわせようと、琵琶を弾くことにしました。真夜中を過ぎても、和尚は帰りませんでした。しかし、あたりはまだ蒸し暑く、部屋の中ではくつろぐこともできず、芳一はそのまま外にいました。

やがて、裏門の方からこちらへ近づいて来る足音が聞こえました。足音は裏庭を横切り、縁側の方へやって来て、芳一のすぐ前でぴたりと止まりました。しかし、それは和尚ではありませんでした。

どっしりとしずんだ声が、目の見えない芳一の名前を呼びました。ちょうど、侍が目下の者を呼びつけるようなぶしつけな調子でした。

「芳一」

芳一は、驚きのあまり、しばらくの間、返事もできませんでした。すると、声はもう一度、荒々しく命令するように、呼びました。

「芳一！」

「はい」目の見えない芳一は、その声にこもる恐ろしさに、おろおろしながらも答えました。

「わたくしは、盲でございます。お呼びくださるのは、どなた様でございましょうか」

「なにも、恐れることはないぞ」

見知らぬその男は、今度は少し、声を和らげて言いました。

「わしは、この寺の近くに来ておる者だが、そちに用を伝えに遣わされて参った。わしのご主君は、たいそう高貴なお方で、位の高いご家来衆を大勢ひきつれ、ただいま赤間関においでになっておられる。

わが主君は、かねてより壇ノ浦の合戦の跡のご見物をご所望で、本日、そこをお訪ねなされた。そちが、かの合戦を上手に語るとお耳にせられ、ぜひとも、お聴きになりたいと望んでおられる。今すぐ、琵琶をたずさえ、わしとともに、やんごとなき方々がお待ちになる館《やかた》へ参るがよいぞ」

当時は、侍の命令に軽々しくそむくわけにはいきませんでした。芳一は、草履をはき、琵琶を手にすると、見知らぬ男とともに出かけることになりました。男は巧みに手を引いてくれましたが、芳一は大急ぎで歩かなければなりませんでした。引いてくれる手が鉄の手であるのと、侍が大股《おおまた》に踏み出すたびに、がちゃがちゃという音がすることから、男が鎧冑《よろいかぶと》ですっかり身を固めているのが分かりました——たぶん、任務中の警護の武士なのでありましょう。

芳一が初めにおぼえた恐怖の念はしずまり、やがて、自分は運がいいのだと考え始めるようになりました。というのは、この侍が、「たいそう高貴なお方」と念を押すように言った言葉を思い出し、自分の琵琶を聴きたいとおっしゃるお方は、少なくとも高名な大名に違いないと思ったからでした。

しばらくすると、侍は急に足を止めました。芳一は、大きな門の前にたどり着いたように感じました。しかし、どうも腑《ふ》に落ちません。というのは、町のそのあたりには、阿弥陀寺の山門以外に大きな門などあるはずがなかったからです。

「開門！」

侍は叫びました。すると、閂《かんぬき》を抜く音がして、門が開き、二人は中に入りました。広い庭先を通って、なにやら入口のあるところの前で、また止まりました。そこでまたこの侍は、大声で叫びました。

「誰か、内におられる方々。芳一を連れて参りましたぞ」

すると、急いで出てくる足音、襖《ふすま》の開く音、雨戸の開く音、女たちの話し声などが聞こえてきました。女たちの言葉遣いから、どこかの高貴なお屋敷のお女中衆であることが分かりました。

しかし、芳一はいったいどんな場所に連れてこられたものやら、まったく想像ができませんでした。そんなことを考える暇《いとま》さえありませんでした。手を取られ、幾段か石段を上《あが》ると、登りきったところで、草履を脱ぐように言われました。それから、女の手に引かれて、なめらかな板張りの、果てしなく続くかと思われる廊下を渡り、覚えきれないほどの柱の角を曲がり、驚くほど広い畳敷の間を通って、ある大広間の真ん中に通されました。

そこには、大勢の人々が集まっているように思われました。きぬずれの音が、まるで森の木の葉がそよいでいるようでした。低い声で話し合っている大勢の人々のざわめきも聞こえました。その言葉はみな、宮中の言葉遣いでした。

芳一は、くつろぐようにと言われ、自分のために、座布団《ざぶとん》が用意されているのが分かりました。その上に座って、琵琶の調子を合わせていると、女官頭であろうと思われる老女の声が、芳一に向かって、こう言いました。

「それでは、琵琶に合わせて、平家の物語を語るようにとのご所望でございます」

全曲を語るとしたら、幾晩もかかることとて、芳一は思い切って尋ねてみることにしました。

「物語の全曲は、短い時間ではとても語りつくせませぬ。どのあたりの段を語れとのご所望でございますか」

女の声は答えました。

「壇ノ浦の合戦の段を語ってくだされ。それが、一番哀れ深いところでございますゆえ」

それから、芳一はやおら声を張り上げると、荒れ狂う海での、戦のくだりを語りだしました。櫓を漕《こ》ぐ音。船が突き進む音。矢が空を切って飛ぶ響き。雄叫びの声。強者《つわもの》たちの踏み鳴らす足音。冑を打つ太刀の音。斬られた者が海に落ちてゆく音。それらの音をみな、芳一は琵琶で巧みに弾き分けました。

弾き語っている合間あいまに、右から左から、芳一をほめ讃《たた》える囁き声がもれ聞こえてきました。

「なんと、見事な琵琶法師でございましょう!」

「わたくしどもの国でも、これほどの琵琶を聴いたことはありません!」

「日本のどこにも、芳一ほどの語り手は、二人とおりますまい!」

これを耳にして、芳一はさらに勇気づけられました。そして、前にもまして巧みに、琵琶を弾き語りました。あまりの感動で、あたりは水を打ったようにしずまりかえりました。曲がすすみ、やがてやんごとない人々の運命――哀れな女子どもの最期を語るところとなり、二位尼《にいのあま》が幼い天子を抱かれて入水なさるくだりにさしかかったときには、聴いている人々はみな、おののくような悲痛の声を上げ、むせび泣き始めました。そのあとも、嘆き悲しむ声があまりにも大きく、激しいので、目の見えない芳一は、自分が生み出した悲嘆の深刻さに驚き入ってしまいました。

しばらくの間、すすり泣きは続いていました。やがて、悲しむ声は消え、もとの深い静けさが戻ると、芳一は再び、先ほどの老女の声を聞きました。女はこう言いました。

「そなたは、大変な琵琶の名手で、語ることでは、誰も肩を並べる者はいないと聞いておりました。なるほど、今宵吟じたほどの腕前をもつ者が、この世にそなたをおいてほかにあろうはずがないことが、よく分かりました。

わが君も大いにご満足のご様子で、それ相応のお礼をなさりたいとのご所存でございます。この上は、これより六日の間、毎夜、御前において、吟弾するようにとのおおせでございます。その後《のち》、わが君は、お帰りの途につかれることと思われます。

よって、明晩も同じ時刻に、おいでくださいますよう。今宵、案内した家来が、またそなたを迎えに参りましょう。

なお、いまひとつ申し添えておかなければなりません。わが君が赤間関ご滞在中に、そなたがこちらへ上がったことを誰にも他言してはなりませぬ。お忍びのご逗留《とうりゅう》ゆえ、くれぐれも口外せぬようにとのおおせでございます。それでは、もうお寺へお引き取りくださるよう」

芳一は厚くお礼を述べてから、再び女に手を取られて、館の入口まで導かれて行きました。先ほど、芳一をここへ案内してきた侍が、彼を寺に送り届けようと待っていました。それから、侍は寺の裏手の縁側まで芳一を案内すると、別れを告げ、帰って行きました。

芳一が戻ったのは、かれこれ夜明け近くの頃でした。しかし、寺を空けたことはだれにも気づかれませんでした。和尚は大変遅く帰ってきたので、芳一は寝ているものと思っていました。昼間、芳一は、少しばかり休むことができましたが、あの不思議な出来事については、一言も口にしませんでした。

さて、その晩も真夜中に、侍が迎えにきて、芳一を高貴な人たちのところへ連れて行きました。そこで芳一は、物語の別の段を前夜と同じように見事に弾き語りました。

ところが、この二度目の外出の間に、芳一が寺にいないことが発覚してしまいました。朝になって寺に戻ると、芳一はさっそく、和尚の前に呼び出されました。和尚はおだやかな口調ながらも、とがめるようにこう言いました。

「芳一や、わしらはそなたのことを、大変心配しておるのだよ。目の見えぬ体で、ただひとり、あんな時刻に出かけて行くのは危険なことだ。どうして、そなたは、わしらに一言も言わずに出かけたのじゃ。寺の者を、付き添わすこともできたものを。いったいどこへ行っておったのだ」

芳一はごまかそうとして、こう返事をしました。

「和尚様、どうかお許しください。ちょっと、私用がございまして。それが、ほかの時刻ではどうしても都合がつけられませんでしたので」

和尚は、そう言ったきり口をつぐんでいる芳一を見て、気を悪くするというよりも、むしろ驚いてしまいました。これは変だ、もしかすると何か悪いことでもあるのではないか。この目の見えない男が、なにか悪霊にでもとり憑かれているのか、たぶらかされているのではないか、と気遣いました。

和尚は、それ以上なにも尋ねませんでした。でも、和尚は、寺男たちに芳一の挙動に注意し、暗くなってから、またしても寺を出て行くような場合には、跡をつけるように言い渡しました。

その晩のこと、芳一が、寺を抜け出して行くのが見受けられました。そこで、寺の男たちはすぐに提灯《ちょうちん》を灯《とも》して、その跡をつけました。しかし、その夜は雨で、外はとても暗く、寺男たちは表の通りを出たか出ぬかのうちに、芳一の姿を見失ってしまいました。

芳一はよほど早足で出かけたものと思われました。芳一が目が見えないことを考え合わせると、それは不思議なことでした。道もひどくぬかっておりました。男たちは、芳一の行きつけの家を尋ねながら通りを急いで行きましたが、誰も、芳一の行き先が分かりませんでした。

仕方なく、寺へ引き返そうと浜辺づたいに歩いていると、阿弥陀寺の墓地の中から、激しくかき鳴らす琵琶の音が聞こえてきました。それを聴いて、男たちは驚きました。墓地の方角は真っ暗でした。いつもの晩と同じように、闇夜に鬼火がいくつも飛びかっていました。男たちは、すぐに墓地へと急ぎ、提灯の明かりをたよりに、芳一を見つけだしました。

芳一は、安徳天皇の墓碑の前で、雨にうたれながらひとり座って、琵琶をかき鳴らし、壇ノ浦の合戦のくだりを声高く吟じているところでした。芳一の後ろにも、周りにも、墓の上にも、いたるところに、死者の火が、ろうそくのように揺れているではありませんか。これまで、こんなにたくさんの鬼火が、人の目の前に現れたことはありませんでした。

「芳一さん！　芳一さん！」

男たちは叫びました。

「おまえさんは、惑わされているんだ！……芳一さん！」

しかし、芳一には聞こえないようでした。一心に琵琶をかき鳴らしながら、ますます激しく壇ノ浦の合戦のくだりを吟じていました。男たちは芳一の体をつかまえると、耳もとで、大きな声で言いました。

「芳一さん、──芳一さん、──さあ、すぐ寺に一緒にかえろう」

ところが、芳一は、叱りつけるように男たちに言いました。

「高貴な方々の御前で、そのように邪魔立てすると、容赦はなりませぬぞ」

事態は、いかにも不気味なものでしたが、この言葉には、寺男たちも思わず笑わないわけにはいきませんでした。芳一が惑わされていることは確かなので、今度はみんなで芳一を捕まえ、抱え起こし、力ずくで寺へ連れ戻しました。

寺では、和尚の指図で、すぐに濡れた着物を着替えさせ、食べ物や飲み物が与えられました。それから和尚は、芳一の奇妙な振る舞いについてくわしく説明するように言いました。

芳一は、長いこと話すのをためらっていました。しかし、しまいには、自分のしたことが親切な和尚を驚かせ、また怒らせたことにも気がつき、隠し立てをやめようと思いました。そして、侍が初めてやって来たときのことから、すべてを打ち明けました。

和尚は言いました。

「芳一、かわいそうな奴じゃ。そなたは、いま大変危うい目にあっておる。どうしてもっと前に、一部始終話してくれなかったのか。そなたの琵琶があまりにも上手なので、こんな思いも寄らない難儀に巻きこまれてしまったのだろう。これで分かったと思うが、そなたはどこかの家に行っていたのではなく、じつは、墓地の、平家のお墓の前で、毎夜過ごしておったのじゃ。今夜、男たちが雨の中、そなたを見つけたのは、安徳天皇のご墓所の前であった。そなたを死者が呼びに来たことを除けば、そなたが信じていたことは、みな夢幻《ゆめまぼろし》なのだ。一度、言うなりになったので、そなたは、その者たちの手の中に落ちてしまったのじゃ。

この上、またしても言うなりになったら、亡霊どもは、そなたを八つ裂きにしてしまうだろう。遅かれ早かれ、そなたを殺してしまうつもりだったのだ。……ところでわしは、今夜もそなたと一緒に過ごすわけには参らぬのじゃ。別の通夜があって呼ばれておるからな。だが、出かける前に、そなたの体に経文を書いて、悪霊どもから身を守ってやらねばなるまい」

日が沈む前に、和尚と小僧は、芳一を裸にしました。それから、二人は筆で、芳一の胸や背中、頭、顔、首、手、足、足のうら、体全体に般若心経《はんにゃしんぎょう》の経文を書きつけました。さて、書き終わると、和尚は芳一に言いつけました。

「今夜、わしが出かけたらすぐ、うらの縁側に座っていなさい。名前を呼ばれるだろうが、どんなことが起ころうと、返事をしてはならぬ。身動きしてもならぬぞ。口をきかず静かに座っておるのだ。座禅をしているかのごとくにな。もしそなたが身動きしたり、ちょっとでも音を立てたりしたら、そなたの身は八つ裂きにあうのだぞ。

恐がってはならぬぞ。助けを呼ぼうと思うな。助けようとて助けられるものではないのじゃからな。そなたがちゃんとわしの言う通りにするならば、危険は去って、恐ろしいことにはなるまい」

日が暮れると、和尚と小僧は出かけて行きました。そこで、芳一は教えられた通り、縁側に座っていました。琵琶を傍らに置いて、座禅の姿勢をとり、じいっとしていました。せきばらいもしないよう、息もたてないよう、幾時間も注意をこらしておりました。

やがて、通りの方から足音が近づいて来るのが聞こえてきました。足音は門をすぎて、庭を横切り、縁側に近づき、そして、芳一の真ん前で止まりました。「芳一！」と重々しい声が呼びました。しかし、芳一は息を殺して、微動だにしないで座っていました。

「芳一！」と、二度目の恐ろしい声が呼びました。

三度目の声が、荒々しく、

「芳一！」

芳一は石のようにじっとしていました。すると、相手はつぶやきました。

「返事がない！——これはいかん！　やつがどこにおるのか、ひとつ調べてみることにしようぞ」

縁側に上がってくる重々しい足音がしました。その足音がゆっくり近づいてきて、芳一のすぐそばで止まりました。それから、しばらくの間、何の物音もしませんでした。その間、芳一は胸の鼓動の高鳴りにつれて、全身がうち震えるのを感じました。

やがて、芳一のそばで、荒々しい声がつぶやきました。

「琵琶はここにある。だが、琵琶法師はどこだ。耳が二つ見えるだけだ。道理で、返事をしないはずだ。返事をしようにも、口がないので答えられぬわ。耳のほかにはなにも残ってはいない。仕方ござらぬ。おおせにしたがった証拠に、わが君にこの耳を持って参ろう」

その瞬間、芳一は自分の耳が鉄の指でひっつかまれ、もぎ取られるのを感じました。激しい痛みでしたが、芳一は叫び声を上げませんでした。ずっしりした足音は、縁側伝いに遠ざかり、庭へおり、通りの方へ出て行って、聞こえなくなりました。

頭の両側から、生温かいどろどろとしたものが、滴り落ちるのを感じました。しかし、芳一は手を上げようともしませんでした。

日の出前に、和尚は帰って来ました。すぐに、裏の縁側の方へ行ってみました。そこで、何やら、ねばつくものを踏みつけて、足をすべらせました。そして、ぞっとして、恐怖の叫び声を上げました。提灯の明かりで、そのねばねばしたものが血であることが分かったからでした。

よく見ると、芳一が、傷口からぽたぽたと血を滴らせながらも、そこにじっと座禅の格好のまま座っていました。

「かわいそうに、芳一！」和尚は驚いて、叫びました。

「ああ、なんとしたことか。怪我でもしたのか」

和尚の声を聞いて、芳一は安堵《あんど》し、突然泣きだしました。そして、涙ながらにこの夜の出来事を話しました。

「かわいそうなことをしたのう、芳一や。わしが不覚だった。そなたの体じゅう、いたるところに経文を書きつけたのだが、耳だけは忘れてしもうた！耳のあたりは、小僧に任せておき、書いたかどうか確かめなかったのは、まったくわしの手抜かりであった。

だが、いまさら悔やんだとていたし方あるまい。できるだけ早く、そなたの傷を治すよりほかはあるまい。元気を出すがよい、芳一！もう、危険は去ったのじゃ。これからは、二度と再びあのような亡霊たちに悩まされることはあるまい」

怪我は、やがて腕のよい医者のおかげで癒《い》えました。この奇怪な出来事の噂は、あちこちに伝わり、芳一はたちまち有名になりました。そして、多くの高貴な人たちが、芳一の琵琶の吟弾を聴きに赤間関へやって来るようになりました。おびただしい金品が贈られ、芳一は裕福になりました。

その出来事があってからというもの、芳一はもっぱら「耳無し芳一」という名で知られるようになりました。

The Story of Mimi-Nashi-Hōichi (Kwaidan, 1904)

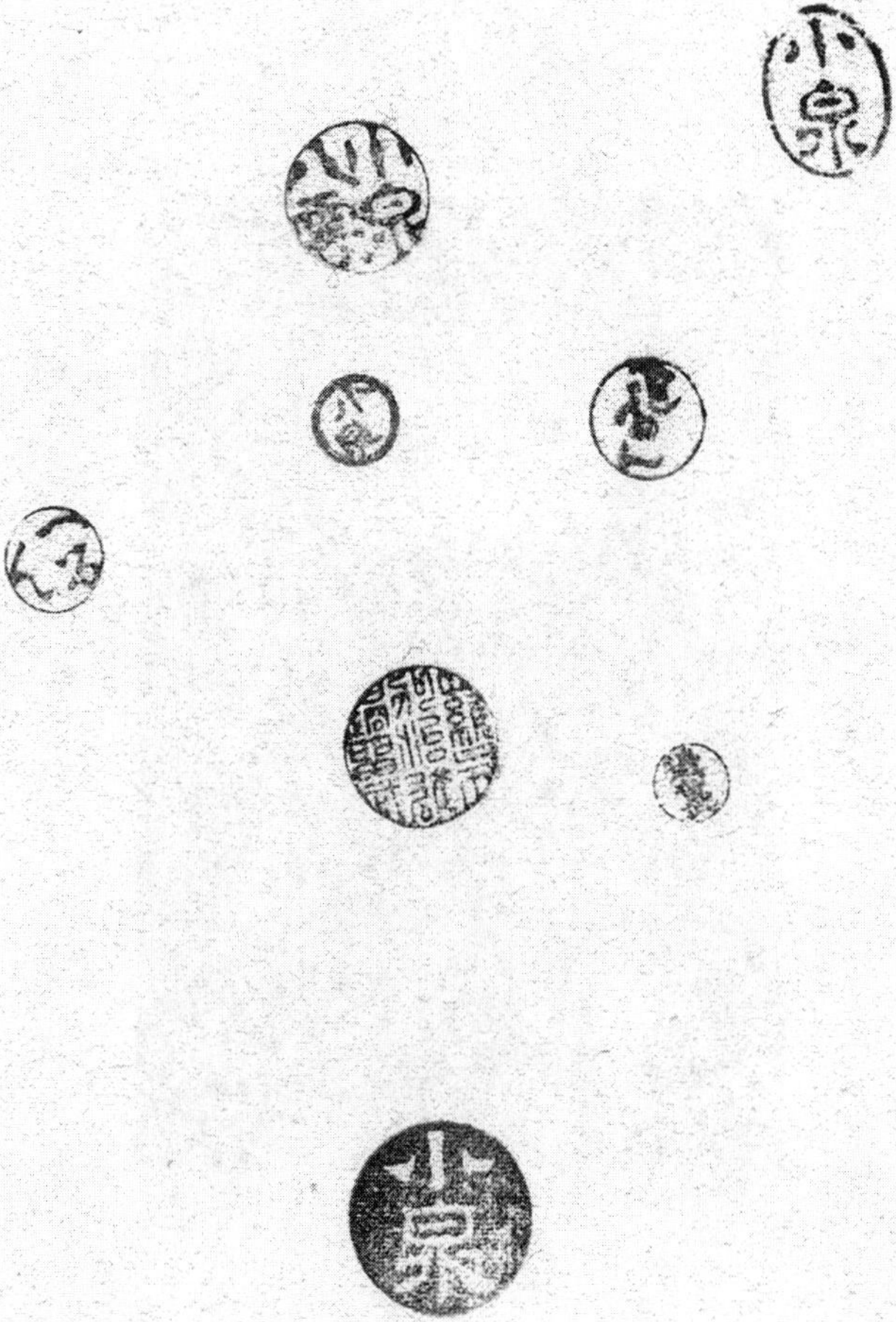
小泉
小泉

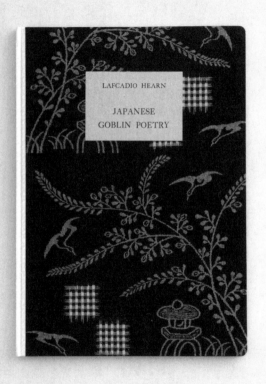

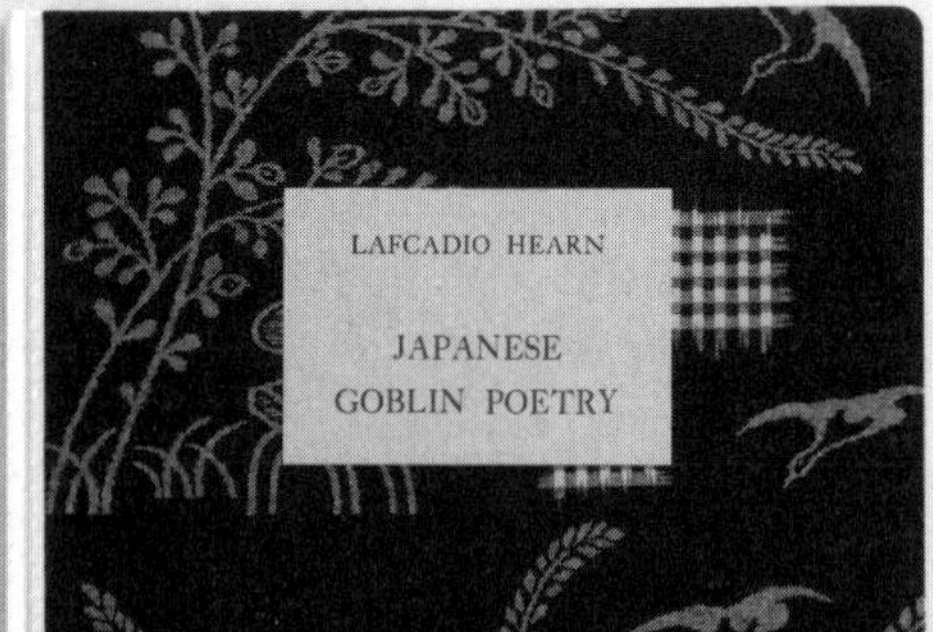


YAKUMO
14

# 妖魔詩話

## ——小泉八雲秘稿画本——

編／小泉一雄

本作品は『妖魔詩話』を抄録しました。
この奇書は、没後三十年の節目に八雲が遺した草稿とスケッチをもとに、
長男の小泉一雄が限定出版した布張りの豪華装幀本です。

小泉八雲
秘稿畫本 妖魔詩話

## HÉIKÉGANI

Ogoritaru
Mukashi wo shinobu
Héikégani
Tsumé nagaku shité
Yoko ni ayuméri.

This shape
arrying (upbearing) an chor
Clings fast to
Prow of ship — ah!
Spectre of T.

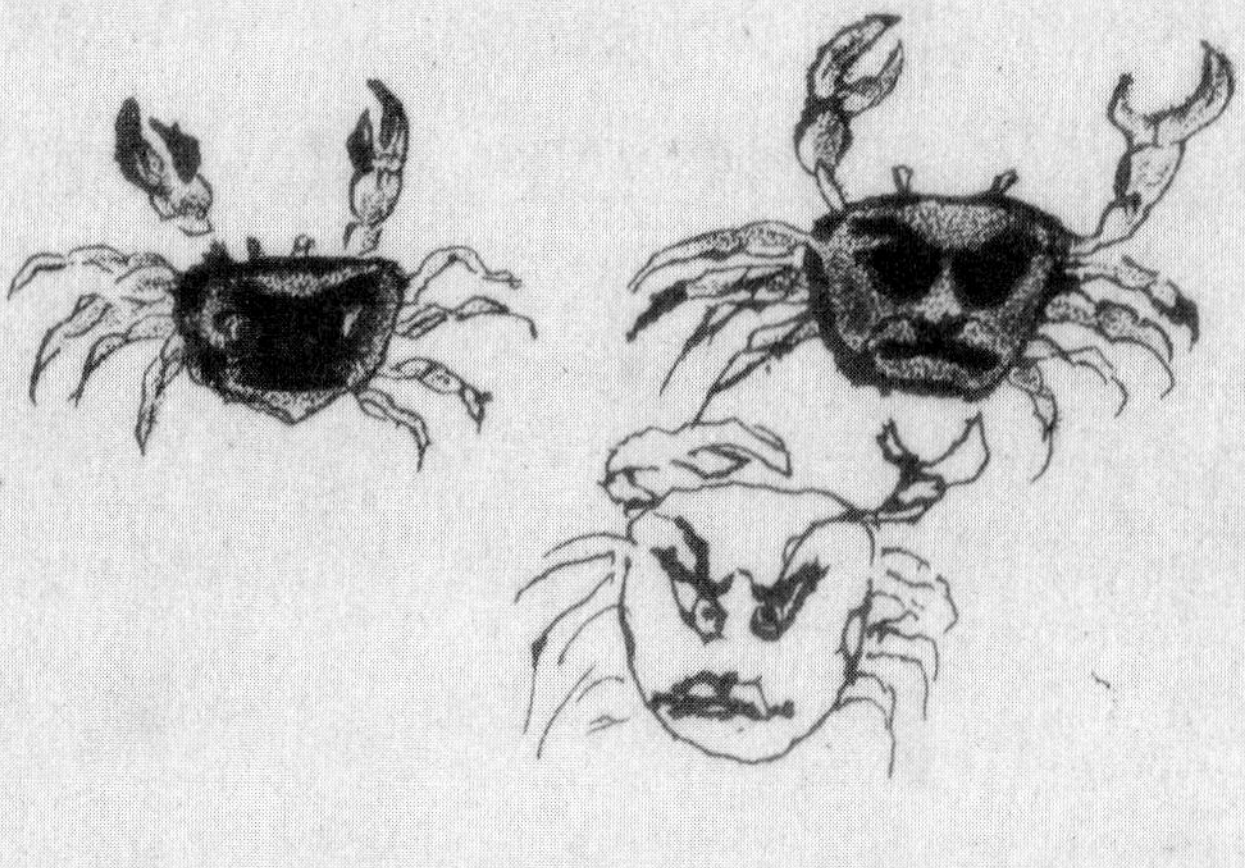

## FUNA-YŪRÉI

Yūréi ni
Kasu-hishaku yori
Ichi-hayaku
Onoré ga koshi mo
Nukéru senchō.

# YUKI-ONNA

Chira-chira to
Miëté zo sugoki
Yuki-Onna,—
Waga ashi madé mo
Shirénu ō-yuki.

no ka
-a
misetra
no nashi

shira

Saka-bashira
Tatē shîwa tazo ya
Kokoro nî no
Fushî aru hitō no
Shiwaza naruran

## FURU-TSUBAKI

Yo-arashi ni
Chishiho itadaku
Furu-tsubaki
Hota-hota ochiru
Hana no nama-kubi.

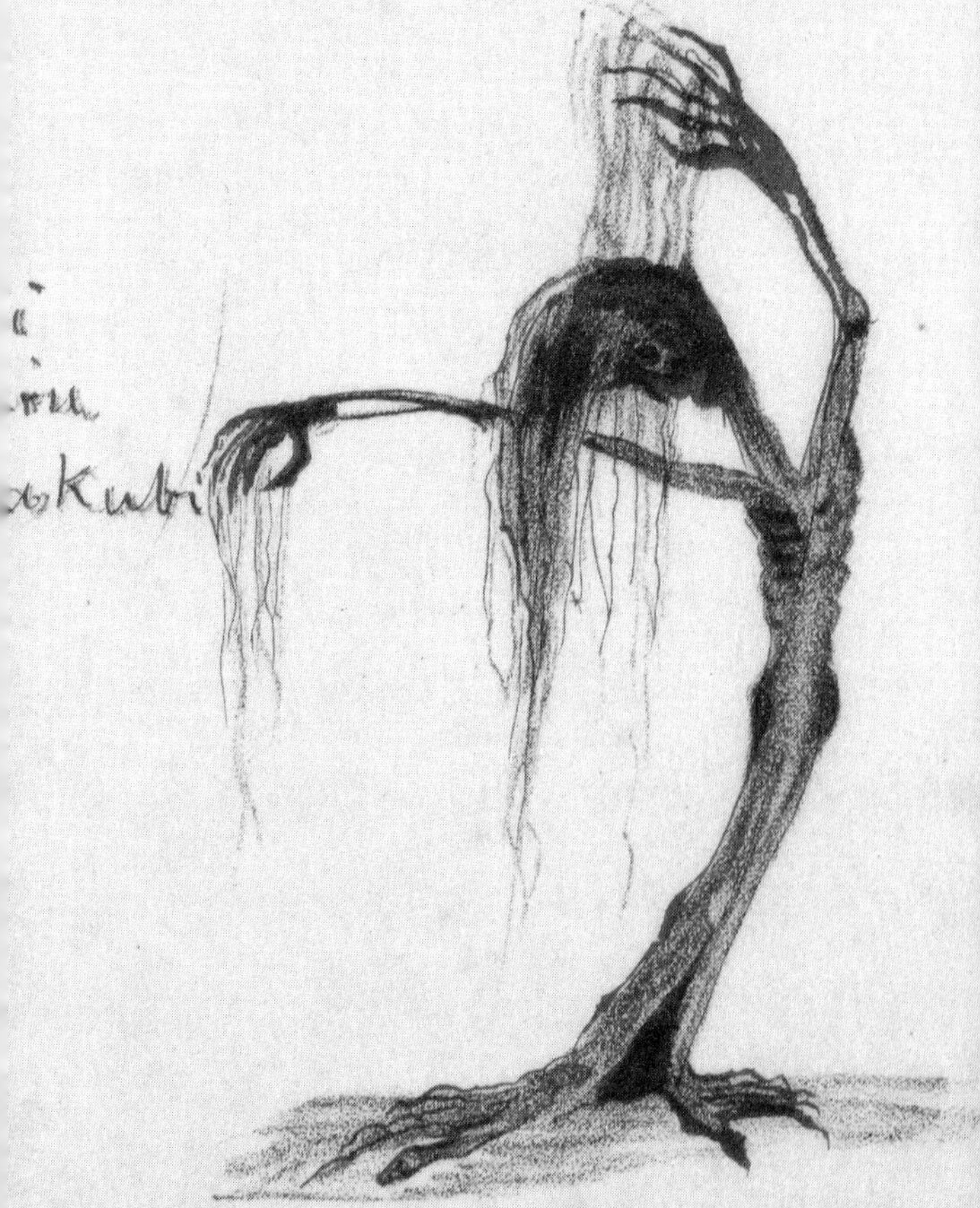
Kubi

# ROKURO-KUBI

Tsuka-no-ma ni
Hari wo tsutawaru,
Rokuro-Kubi
Kéta-kéta warau—
Kao no kowasa yo!

Japanese Goblin Poetry, 1934

i
a
ye!

JAPANESE
OPERA
KOBUNSHA 2 Minami Saegicho, TOKIO.

# 東洋の第一日目

訳／池田雅之

本作品は「東洋の第一日目」(『新編 日本の面影』所収)を抄録しました。

「日本の第一印象は、できるだけ早く書き残しておきなさい」。来日後まもなくお会いすることのできたある親切な英国人の教授は、私にこう助言してくれた。

「第一印象というのは、しだいに消えてゆくものです。そしていったん薄れてしまうと、もう二度と戻ってきません。この国で、どんな不思議な感動をこれから受けようとも、初めての印象ほど、心が動かされることはないでしょう」

私は今、当時あわただしく書き留めたものを元にまとめようとしているが、なるほどそれらは、ずっと心に残る魅力というより、本当に一時的なものであったと痛感している。忘却の彼方《かなた》に消えてしまい、どうしても思い出せないことがあるのだ。

あの親切な言葉に従おうと固く決意していたものの、結局はおろそかにして

しまった。日本に来て最初の数週間は、自室にこもって机に向かうことなど、とうてい無理だった。このすばらしい日本の町に太陽が燦々《さんさん》と注がれている、その佇《たたず》まいに、見ること、聞くこと、感じることが、山ほどあったからである。それでもはたして、失った初めての感動をすべて甦《よみがえ》らせることができるだろうか。さらにそれを言葉に移して、定着することができるだろうか。日本の第一印象は、香水のごとく捉《とら》えどころがなく、移ろいやすい。

それではまず、俥《くるま》で横浜の外人居留地から日本の町へ一歩踏みこんだときの話から始めてみよう。思い出すかぎりのことを、ここに書き留めていきたいと思う。

日本の通りを駆け抜ける初めての人力車の旅は、とても愉快な、驚きに満ちた体験だった。どこへ行くにも、俥屋とは身ぶり手ぶり、しかも、必死に手を動かすことでしか、意思の疎通が図れない。それが何とも言えず楽しく、なにより新鮮だった。それは、自分が東洋に、そう活字の世界でしか知らなかった、長年夢見た極東の国にいるんだ、という実感を初めて与えてくれるものであった。

しかし、これまでまったく未知だった世界を、この目はたしかに見ている。そんな当たり前の事実を十分承知しながらも、私はどこかうっとりとしていた。その日のあまりの神々しい美しさに、私の意識も尋常ではなかった。日本の春のひんやりした、雪を頂く富士の高嶺《たかね》から風の波が運んでくる、その朝の空気には、言葉にならない魅力があった。それは、むしろはっきりした色調というより、やさしい透明感による魅力ではないだろうか。異常なまでに澄み渡る、その青味を帯びた空気の透明感に、遠くのものまで驚くほどくっきりと見えている。日ざしは気持ちのいい暖かさだ。人力車ほど居心地のよい小型の車は、想像ができない。そして、わらじ履きの車夫の動きに合わせて揺れる、キノコのような笠越《かさご》しに見える通りの景色には、けっして飽きることなく、あれこれと空想をかき立てられるばかりだ。

まるでなにもかも、小さな妖精《ようせい》の国のようだ。人も物もみんな小さく、風変わりで神秘的である。青い屋根の小さな家屋、青いのれんのかかった小さな店舗、その前で青い着物姿の小柄な売り子が微笑《ほほえ》んでいる。そんな幻想を打ち砕くのは、ときどきすれ違う背の高い外国人と、さまざまな店の英字看板だけである。しかしながら、そんな目障りなものも、現実感を強調するだけで、この面白い小さな通りの魅力が、それで著しく損なわれることは断じてない。

見渡すかぎり幟《のぼり》が翻り、濃紺ののれんが揺れている。かなや漢字の美しく書かれたその神秘的な動きを見下ろしながら、最初はうれしいほど奇妙な混乱を覚えていた。町並みの建築や装飾に、すぐにそれとわかるような法則は、感じられない。それぞれの建物に、一風変わった、特有のかわいらしさがあるようである。一軒として他とそっくりな家はなく、すべてが戸惑ってしまうほど目新しい。

ところが、そのあたりを一時間も走っているうちに、おぼろげながらそのおおまかな特徴がいくつか見えてきた。低くて軽そうな、奇妙な切妻造りの木造家屋には、ほとんど塗装がされていない。一階の戸口は、すべて通りに開放されている。それぞれの店の表の上には、日除《ひよ》けのように細長い屋根が斜めに突き出ていて、後ろは、障子のある二階の小さな張出し縁側まで続いている。

小さな店舗の様子もわかってきた。どこも、路面より高く上がったところに畳敷きの床があり、看板の文字はたいてい縦書きで、布の上で波打っているか、金色の塗り板の上できらめいている。着物の多数を占める濃紺色は、のれんにも同じように幅を利かせている。もちろん、明るい青、白、赤といった他の色味もちらほら見かけるが、緑や黄色のものはない。それから、店員の着物にも、のれんと同じ美しい文字があしらわれている。どんなに手のこんだ意匠でも、これだけの趣は出せないのではないだろうか。もちろん、装飾的な意図をもって手を加えているとはいえ、これらの表意文字には、意味のない図案では決して持ち得ない、均斉のとれた美しさが迫ってくる。従業員の背中に、（その法被《はっぴ》を着た人が、どこの店や組に属しているか示すために）紺地に白く、かなり遠くからでも簡単に読みとれるほど大きく文字が書かれていると、安物のぱっとしない衣裳《いしょう》も、いっきに人の手が加わった輝きが添えられるのだ。

Hokkaido
had sailed to
the voyage
was long, and
we were short

that day.
A strange
sailing vessel

— all white — very
white — following
us, and sailing
very fast. She
overtook us at
it last came

こうして、さまざまなものの不可思議さに戸惑っているうちに、ついに天からの啓示のように、ある思いがひらめくであろう。名画のようなこの町並みの美しさのほとんどは、戸口の側柱から障子に至るまで、あらゆるものを飾っている、白、黒、青、金色のおびただしい漢字とかなの賜物《たまもの》ではなかろうかと——。もしかしたら、英字がこの魔法の文字と入れ替わったらどうなるか、という想像が、一瞬、読者の頭をよぎるかもしれない。しかし、多少なりとも審美眼を持ち合わせている者なら、そんな考えにぞっとするはずだ。そして、私と同様に、日本語の中にアルファベットを導入しようという、あの忌まわしい「日本ローマ字会」という功利主義団体を許せなくなるであろう。

私の俥屋は、自分のことを「チャ」と名乗っている。巨大なキノコのような白い笠をかぶり、袖口《そでぐち》が幅広く、丈の短い紺の上着を羽織り、「タイツ」のように体にぴったりして足首まで伸びた紺の股引《ももひき》に、素足にシュロ縄の緒のついた軽いわらじ、という出で立ちである。間違いなく彼は、忍耐、辛抱、そしてうまく客につけこむ力を備えた、典型的な車夫であろう。その証拠に、私はすでに彼に法が定めた料金以上を支払わされてしまった。忠告されてはいたものの、余計な心づけを渡さずにはいられなかった。かじ棒の間で速足で駆けていく、自分の前で疲れも見せず何時間も上下に揺れる、馬代わりとなった人間を初めて目の当たりにすれば、哀れみを寄せずにはいられなくなるだろう。

しかも、人並みに希望や思い出もあり、情けも物もわかるこの俥屋が、たまたま優しい笑顔を見せ、こちらのささいな好意にもかぎりない感謝を大っぴらに見せてくれようものなら、哀れみは同情へと変わり、思わず自分のことはさておきたくなるものだ。おびただしい汗を流す姿も、それと無関係とはいえないだろう。動悸《どうき》や筋肉のつれはもちろんのこと、悪寒、充血、胸膜炎も大丈夫かと、思わず気遣ってしまうからである。チャの衣服は、びしょぬれである。小さな空色の手ぬぐいで顔の汗を拭《ぬぐ》っている。チャは、竹の小枝とそこに止まった雀の絵が白く染め抜かれた手ぬぐいを、手首に巻いて走ってゆく。

YAKUMO
19

しかし、私がチャに対して、人力としてではなく、一人の人間として心惹《ひ》かれたものを、この小さな通りを走り抜ける私たちに向けられたおびただしい人々の顔の中にも、つぎつぎと感じるようになった。もしかしたら、今日の朝の印象がことのほか楽しいのは、人のまなざしに驚くほどの優しさを感じるせいかもしれない。誰もが興味の目を向けてくるが、そこに不愉快さはまったくないし、ましてやその視線に反感を感じることもない。たいていの人から笑顔か、かすかな笑みを返されてきた。

このような思いやりのある、興味のまなざしや笑みを目の当たりにすると、初めてこの国を訪れた者は、思わずお伽《とぎ》の国を彷彿《ほうふつ》としてしまうことだろう。こうした表現はたしかにありふれていて、うんざりするかもしれない。誰もが口を揃《そろ》えたように、この地の第一印象を、日本はお伽の国で、日本人はお伽の国の住人だと表現する。しかしながら、正確に描写することなどほとんど不可能な世界を初めて表現しようとすれば、同じ文句におさまってしまうのも、無理からぬことではないか。すべてが自分の世界よりもスケールが小さく、優美な世界――人の数も少なく、親切そうで、自分の幸せを祈るかのように、誰もが微笑みかけてくれる世界――すべての動きがゆっくりと柔らかで、声音も静かな世界――大地も生き物も空も、これまで見たことのない、まったくの別世界――そんな世界にいきなり飛びこんだのである。イギリスの民話を聞いて育った想像力の持ち主なら、これこそが、昔夢見た妖精の国の現実だ、と錯覚してもいたし方はなかろう。

旅人が、社会変革を遂げている国を――とくに封建社会の時代から民主的な社会の現在へと変わりつつあるときに突然訪れれば、美しいものの衰退と新しいものの醜さの台頭に、顔をしかめることであろう。そのどちらにも、これから日本でお目にかかるかもしれないが、その日の、この異国情緒溢《あふ》れる通りには、新旧がとてもうまく交じり合って、お互いを引き立てているように見えた。

漢字とかなを混ぜて印刷する新聞社に、世界中のニュースを電送している細い電柱の並び。東洋の不可解な経典の章句が貼《は》ってある電柱の側にある茶屋の象牙《ぞうげ》の呼び鈴。仏像を作る店の隣にアメリカ製のミシンを売る店。わらじ屋に軒を並べている写真館。これらはみな、目立って不調和だということはない。西洋の技術革新がそれぞれ東洋の額縁に組みこまれ、どの絵柄もしっくりした風情となっている。

それでも、異国からの訪問者からすれば、少なくとも東洋の第一日目にはどうしても古いものが新鮮に映り、やたらと目を奪われる。日本的なものは何かと繊細で、このうえなく美しく、賞賛に値すると思われてくる。小さな図柄のついた紙袋に入った、どこにでもある木の箸《はし》や、三色使いの美しい文字が入った紙に包まれた、桜の木の爪楊枝《つまようじ》や、人力車の男が顔を拭うのに使った、雀の飛ぶ絵のついた小さな空色の手ぬぐいでさえ、そう思われてきた。紙幣も、ごく普通の銅貨も、美しいものに見える。店員が買い物の最後に縛ってくれる、色のついた組み紐《くひも》さえ、かわいらしい珍品といえる。珍しい物や優美な物があまりにも多すぎて、戸惑うばかりだ。どこを振り向いても、まだまだ未知の素晴らしい物がごろごろ転がっている始末である。

とはいっても、どれも目の毒なのである。見てしまえば、買わずにはいられなくなるからだ。そうでなければ、あながちないことではないが、店員から笑顔で、同じ商品の違う種類をたくさん見せられて、それぞれにどれもよいので、しまいにはすべてが無性にほしくなり、そんな衝動に恐れをなして店を飛び出すのが関の山である。店員はけっして買うよう求めはしないが、商品に心を奪われていったん買い始めたら、もう歯止めが利かなくなる。安さは破産への誘惑である。買わずにはいられない安い芸術品は、ここには無尽蔵にある。太平洋を横断する最大の汽船でも、手に入れたい物のすべてを積みこむことはできないだろう。

認めにくいことかもしれないが、もしかしたら読者が心底ほしいものは、店に置いてある商品ではなく、その店であり、店員であり、のれんも住人もひっくるめた、店々の並ぶ通りである。さらには、町全体であり、入江であり、それを取り巻く山々であり、雲ひとつない空にそびえる富士山の美しい白い頂ではなかろうか。実のところ、魅惑的な樹木、光り輝く大気、すべての都市、町、寺、そして、世界でもっとも愛らしい四千万人の国民も一緒に、日本全体をまるごと買ってしまいたいのだ。

ここで、かつて日本の大火のことを耳にした、ある実利的なアメリカ人の発した言葉を思い出した。「ああ、日本人なら火事にあっても大丈夫だ。日本の家は、とても安く建てられているから」。庶民のもろい木造家屋は、たしかに費用はかからないし、すぐに建て替えはきくだろう。しかし、もとの家にあった美しさは、もう取り戻すことはできない。それを考えると、どんな火事であろうと芸術にとっては悲劇である。さまざまなものが無限に手作りされてきた国だからこそ、それはなおさらのことだ。機械はまだ、(諸外国の需要に応じて、低俗な市場に合わせた悪趣味なものを作ることを除いては)、廉価商品に見られる画一化と、実用のみを求めた醜さを生み出すまでには至っていない。工匠や職人が作ったものは、他人の作品とは違っており、たとえそれが、自分の作品であっても、ひとつひとつ異なっている。だから、何か美しいものが火事で焼けるたびに、たったひとつしかない意匠も消えてゆくことになるのだ。

幸いにも、この火災の多い国では、芸術への衝動自体が、代々の芸術家を越えて生き残る生命力を秘めており、それゆえ、かつての名匠の労作を灰燼《かいじん》と帰し、ぶざまに解かしてしまう炎にも、敢然と立ち向かってきた。意匠というのは、たとえそれを表現した作品が消滅したとしても、おそらく一世紀ほどの時の流れを経て、再び違う創作の形で甦るものである。実際には、姿形に変更はあるだろうが、過去の思想の流れを汲《く》んだ作品であることは、容易に判別できるであろう。

もともと芸術家とは、みな霊的なものに導かれた職人なのだ。本人が何年もの歳月を模索し、犠牲にすることによって、高度な表現を会得するのではない。犠牲的な過去は、すでに本人の中に潜んでいるものであり、技芸はすでに受け継がれている。その指が、死者の導きにより、飛ぶ鳥、山々の霞《かすみ》、朝や夕暮れの色、小枝や春に咲き乱れる花々を描いてゆくのだ。何世代もの有能な職人たちから受け継がれた熟練が、今ここにひとりの芸術家の傑作の中へと甦るのである。最初のうち意識していた努力は、数世紀後には無意識となり、現存の作家にはほとんど反射的といえるような、直観の芸術となるのである。それゆえに、もともと何銭という安値で売られた北斎や広重の色版画には、日本の町全体を買い取る以上に高いといわれる多くの西洋画よりも、それ自体にずっと本物の芸術味が詰まっているといえる。

目の前の通りを、北斎の版画に描かれた人々が行き交っている。蓑《みの》を羽織り、大きなキノコ型の笠をかぶり、わらじを履いた農民たち。そのむき出しの手足は、風と太陽にさらされて、赤く焼けている。辛抱強そうな顔の母親たちは、背中に坊主頭のにこにこした赤ん坊をおぶって、下駄（やかましい音を立てる高さのある木靴）履きのままぶらぶら歩いている。ゆったりした着物姿の商人たちは、店内の無数の訳のわからぬ商品に囲まれながら、あぐらをかいて、真鍮《しんちゅう》の小さなキセルを吸っている。

そのとき私は、それらの人々の足が、なんと小さくて格好がいいかに気づい

YAKUMO
20

# 人と物

作家も詩人も映画監督も
ひとりの生活者である
という視点から
愛用品やくらしの風景とともに
随筆や図像作品を
1人1冊仕立てで編集する
文庫本シリーズです。

MUJI BOOKS

人と物 1

## 柳 宗悦《やなぎ・むねよし》

### 手仕事の日本をたずねて各地を旅した美の思想家

日本民藝館の初代館長。各地に残る無名の工人たちの手仕事のなかに、誰も気づかなかった民藝の美を発見しました。「雑器の美」などのエッセイと蒐集した民藝品を多数収録。

人と物 2

## 花森安治《はなもり・やすじ》

### 『暮しの手帖』で伝えたあたり前のくらしの喜び

戦後まもなく雑誌『暮しの手帖』を創刊した花森安治は、文章もイラストも自らペンをとった名編集長でした。ほんとうに美しい装いについて語る「若いひとに」ほか3編。

人と物 3

## 小津安二郎《おづ・やすじろう》

### 椅子のない日本間の日常を描いた映画監督

『東京物語』などの名作を生んだ日本映画界の巨匠。撮影にかかせなかった特注の三脚や直筆の絵コンテなどのゆかりの品の写真と、「映画の味・人生の味」ほか随筆多数。

人と物 10

## 桑澤洋子《くわさわ・ようこ》

### 心地よいふだん着を追求した服飾デザイナー

「桑沢デザイン研究所」の創立者。服飾デザイナーとしても、戦後急速に変貌した日常生活のための「ふだん着」を追求しました。エッセイや自らデザインしたワンピースなどを収録。

人と物 11

## 杉浦日向子《すぎうら・ひなこ》

### 江戸の色恋、蕎麦、くらしを描いた漫画とエッセイ

漫画『百日紅』など、江戸からいまにつながる「くらしの原風景」を豊かに描き出した漫画家で文筆家。「江戸と私の怪しいカンケー」などのエッセイと漫画や秘蔵の形見の数々。

人と物 12

## 白洲正子《しらす・まさこ》

### 選び抜かれた美しい器や着物の数々

古美術や骨董に向き合い、独自の眼で日本の美を綴った随筆家。茅葺き農家を改装した「武相荘」での生活を語る「無駄のある家」、着物の選び方を教えてくれる「着る心」など9編。

人と物 7

## 秋岡芳夫《あきおか・よしお》

**消費社会で立ちどまった**
**工業デザイナー**

座上であぐらをかける「男の椅子」など、多数のくらしの道具を生みだしたデザイナー。良いモノと長くつき合うことを提案する「手で見る、体で買う」やデザインした製品を紹介。

人と物 8

## 伊丹十三《いたみ・じゅうぞう》

**料理、ことば、子育て、**
**なんでもこだわる映画監督**

映画監督・伊丹十三は、食、音楽、ファッションをはじめ多くのことに精通していました。誰も知らない「目玉焼の正しい食べ方」ほか10編のエッセイや自筆の挿絵を収録。

人と物 9

## 濱谷 浩《はまや・ひろし》

**失われゆく日本を**
**カメラで見つめる**

民俗学の手法で日本海沿岸のくらしを記録した「裏日本」、津々浦々の子どもの遊びを写した「こども風土記」など写真家・濱谷浩の作品と、愛用の撮影道具や大磯の私邸の写真を公開。

た。農民の日焼けした素足も、ちっちゃなちっちゃな下駄を履いた子供のきれいな足も、真っ白い足袋《たび》を履いた娘たちの足も、みんな同じように小さくて格好がいい。足袋は、親指のわかれた白い靴下のようなものであるが、牧神ファウヌスの切れこみのある白い足の上品さに通ずるとでもいおうか、真っ白な足元に神話的な香りを添えている。何かを履いていようが、裸足《はだし》であろうが、日本人の足には、古風な均整美といえるものが漂っている。それはまだ、西洋人の足を醜くした悪名高き靴に歪《ゆが》められてはいない。

どんな日本の下駄も、カラン、コロンと、左右が微妙に違う足音を立てる。だから、道行く人の足音の響きは、そんな二拍子のリズムが交互に繰り返されている感じだ。鉄道駅のような舗装された場所では、ひときわよく反響する。ときには、人混みの中で、みんなが故意に足並みを揃えたかのように、間延びしたおかしい木の音が聞こえることもある。

「テラ　へ　ユケ！」

私はどうしても、洋風旅館へ戻らなければならなかった。昼食のためではない。実をいうと、私はその時間さえ惜しいくらいだった。ただ、お寺に行きたいという意志を、チャに伝えられなかったからだ。ようやくチャにわかってもらえた。宿の主人が、まじないめいた言葉を発してくれたからである。

「テラ　へ　ユケ!」

庭や、豪華だが見栄えのよくない西洋建築が立ち並ぶ大通りをものの数分も走ると、運河に架かった橋を渡る。運河には、舳先《へさき》の尖《とが》った、椋《むく》の木でできた、珍しい形の舟が浮かんでいる。再び俥は、狭い、家並みの低い、小ざっぱりとした明るい通りへ入る。また別の日本の町の一画が開けてきた。一階よりも二階の方が小さい、方舟《はこぶね》のような形をした小さな家が、何列も立ち並んでいる。チャは、全速力でその中を駆け抜ける。なじみのない小さな店の並びを走り抜けてゆく。店の上はたいてい、二階の障子窓まで小さな青い屋根瓦《がわら》が斜めに葺《ふ》いてある。

どの店の正面にも、紺か、白か、深紅ののれんが垂れ下がっている。三十センチメートル幅のその布には、紺地に白、黒地に赤、白地に黒という風に、美しい日本の文字が染め抜かれている。夢のようにあっという間に、そこを走り過ぎてゆく。もう一度運河を渡り、小高い丘へと続く、狭い通りを駆け上がる。すると、チャが突然、幅の広い高い石段の前で立ち止まり、私を降ろそうと人力車のかじ棒を地面へ下ろした。そして石段を指さし、こう叫んだ。

「テラ！」

My First Day in the Orient (Glimpses of Unfamiliar Japan, 1894)

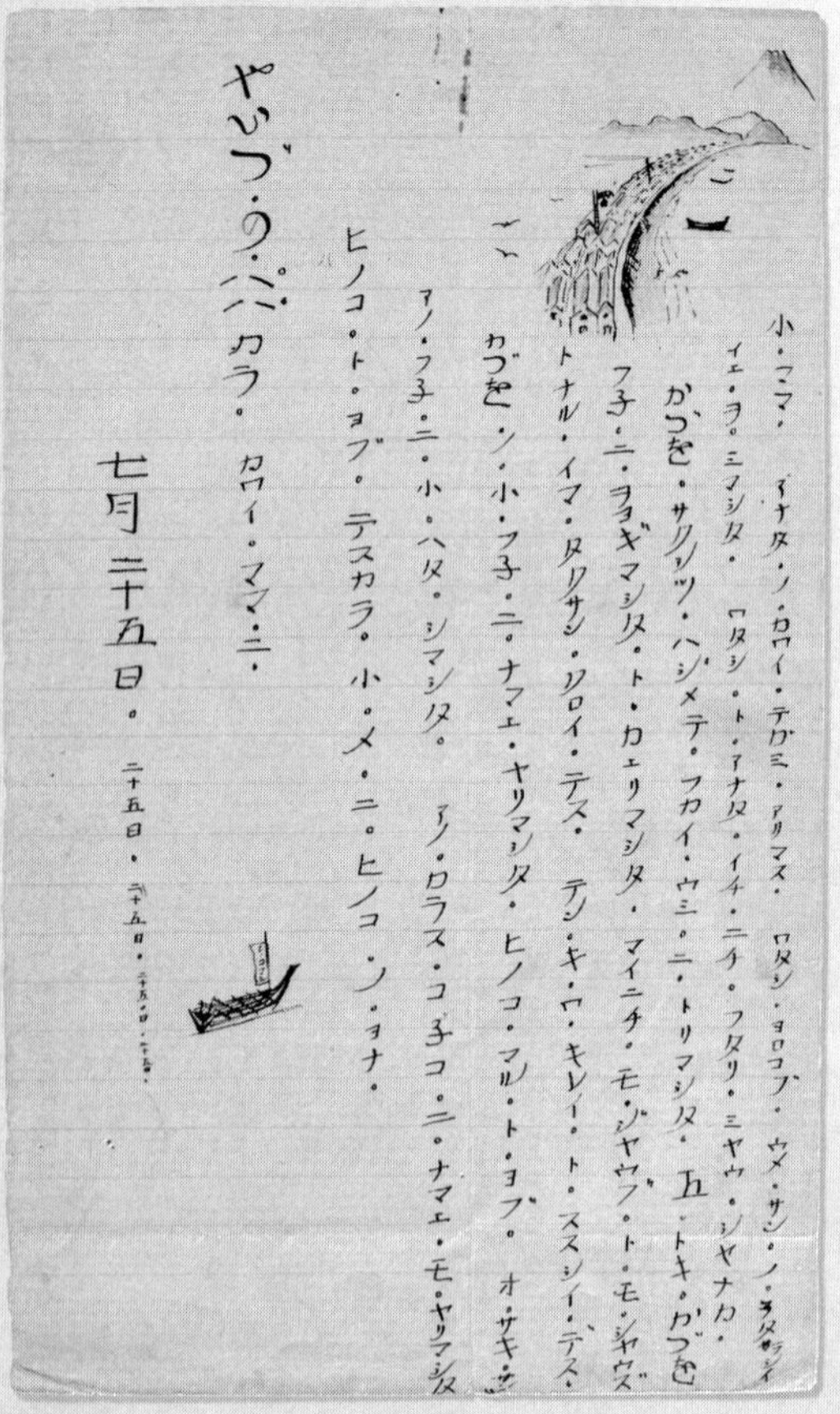
小・コマ・アナタ・ノ・カワイ・テガミ・アリマス・ワタシ・ヨロコブ・ウメ・サン・ノ・アタラシイ
イエ・ヲ。ミマシタ・ワタシ・ト・アナタ・イチ・ニイ。フタリ・ミヤウ・ジヤナカ・
かづを・サクジツ・ハジメテ・フカイ・ウミ・ニ・トリマシタ。五・トキ・かづを
フ子・ニ・ヲヨギマシタ・ト・カエリマシタ・マイニチ・モ・ジヤウブ・ト・モ・ジヤウズ
トナル・イマ・タクサン・クロイ・テス・テン・キ・ワ・キレイ・ト・ススシイ・テス・
かづを・ノ・小・フ子・ニ。ナマエ・ヤリマシタ・ヒノコ・マル・ト・ヨブ。オ・サキ・ニ
アノ・フ子・ニ・小・ハタ。シマシタ。アノ・クラス・コ子コ・ニ。ナマエ・モ・ヤリマシタ
ヒノコ・ト・ヨブ。テヌカラ。小・メ・ニ。ヒノコ・ノ・ヨナ。
やいづ・の・パパカラ。カワイ・ママ・ニ・
七月二十五日。二十五日・二十五日・

# 焼津にて

訳／池田雅之

本作品は「焼津にて」(『虫の音楽家』所収)を抄録しました。

焼津というこの古い漁師町は、かんかん照りの強い日差しを受けると、一種独特の中間色の彩りの妙味を浮き立たせる。まるでトカゲのように、町はくすんだ色調を帯び、それが臨んでいる荒い灰色の海岸と同じ色に変化する。町は、その小さな入江に沿って、湾曲しているのである。

町は、大きな丸石を積み上げた異様に大きい防壁で荒波から守られている。その海辺に向いたこの防壁は、雛壇のような形をしている。その段丘を形作ってい段丘を形作っている丸石は、地中に深く打ち込んだ杭《くい》と杭との間に編んだ籠細工のようなものである。そして、一定の距離を置いて並んでいる杭の列が、石段の支えとなっている。

この防壁の天辺から陸の方を眺めてみると、町全体が展望できる。広い灰色の瓦屋根の連なり、雨風にさらされて白茶けた木造家屋などが見え、そこかしこにお寺の所在を示す松の木が茂っている。海の方を眺めると、数キロメートルにわたって壮大な光景が展けている。あたかも巨大な紫水晶の玉のように、水平線にくっきりと群れ集っている峨々たる青色の連峰が、見渡される。さらにその彼方、左手の方にはひときわ高く、四方の山並みを圧するかのように、幻のような富士の神々《こうごう》しい姿がさん然とそびえ立っている。

この防波壁と海との間には、砂浜というものがない。そこには、ただ大きな丸石が、灰色の斜面に並んで置かれているだけである。この丸石が、波が押し寄せるたびにごろごろと転がるから、時化《しけ》の日などにこの波打ち際を通ったりするのは危険である。私も二、三度経験したのだが、一度体にこの石が当たると、その痛みはすぐには忘れられるものではない。

ある時刻になると、このでこぼこした斜面の浜は、この地方独特の妙な形をした漁船で埋めつくされる。その漁船はみなかなりの大型船で、四、五十人は乗れそうである。漁船には、それぞれ風変りな高い船首が付いていて、そこには仏教か神道かの「お札」がたいてい貼り付けてある。神道の「守護」と書かれたお札は、たいがい富士神社の女神、木花之開耶姫《このはなのさくやひめ》からさずかってきたもので、「富士山頂浅間宮大漁満足」という文句がしるされている。それは、「幸い大漁に恵まれましたときには、富士山頂の神社におわします女神様のために、衷心より、謹厳苦行のお勤めを果たさせていただきますことを、船主一同お誓い申し上げます」という意味である。

日本の海に面した地方では——同じ地方のそれぞれの漁場をもつ村であれば——その地方、その村の漁場特有の漁船と漁具とを持っている。実際、互いに二十数キロぐらいしか離れていない漁村どうしでも、あたかも千六百キロも離れて暮らしている人種が発明したかと思えるほど形の異った網や船が作られているのだ。この驚くべき多種多様さは、地方の伝統を重んずる心、つまり、数百年にわたって祖先の教えと風習とを守り続けるという敬虔な保守精神に基づいているのであろう。

この事実をさらにいっそうよく物語っているのは、それぞれの漁村がそれぞやいづ。の。パパカラ。カワイ。ママ。ニ。

七月二十五日。

二十五日。二十五日。二十五日。二十五日。

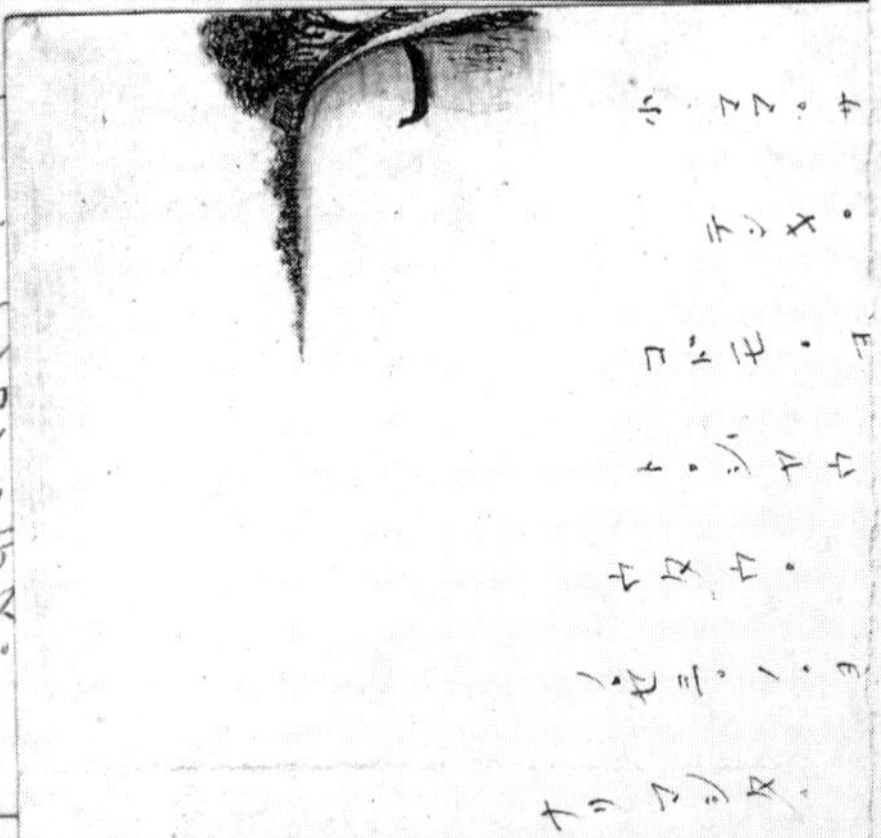

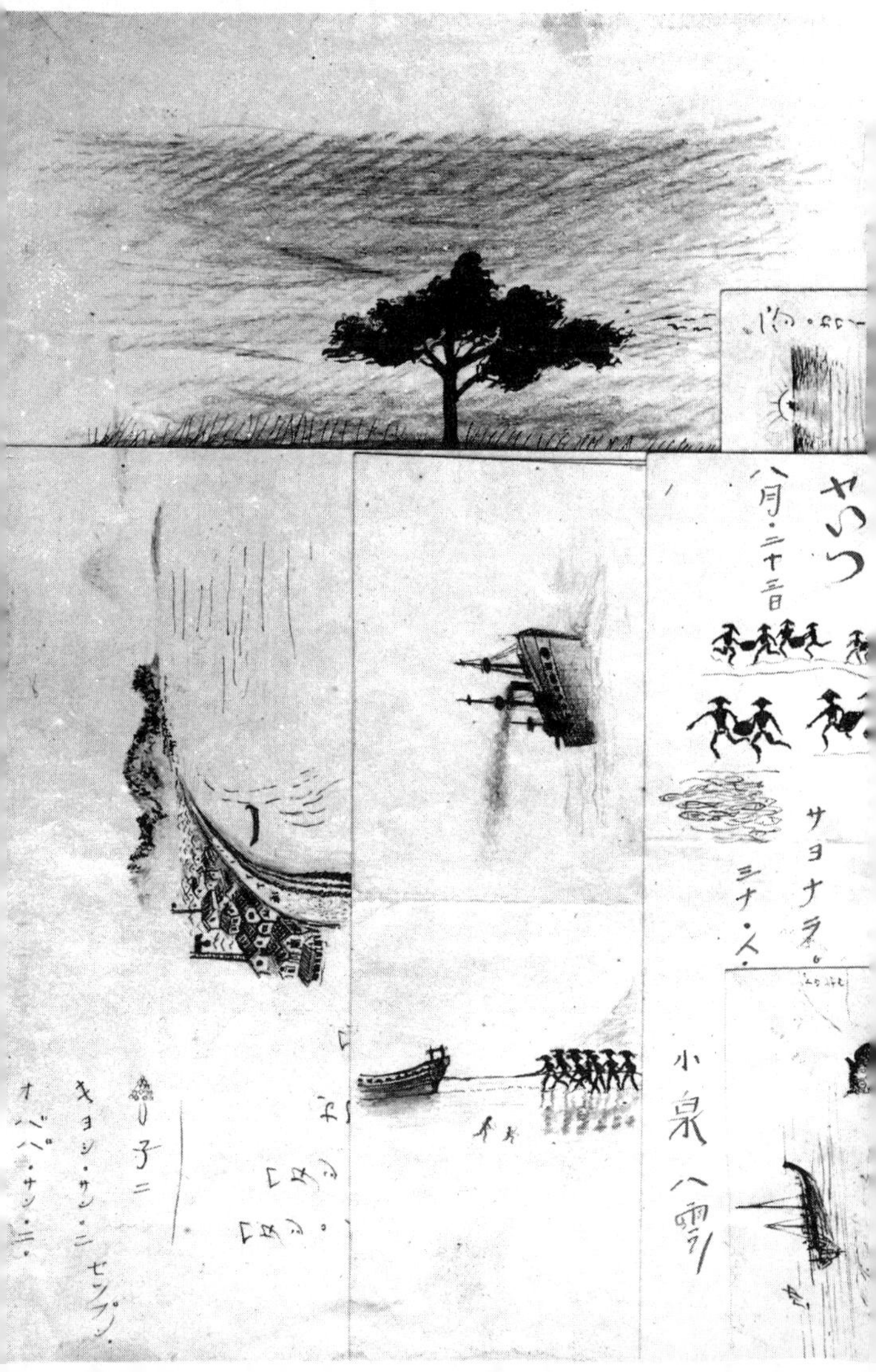
やいづ
八月・二十三日
サヨナラ。
ミナ・人。
小泉八雲
子ニ
キヨシ・サン・ニ センプン。
オババ・サン・ニ。

れ独自の漁撈《ぎょろう》を営んでいることである。ある村で作られている漁網や漁船の形をよく眺めてみると、たいていはある特殊な経験によって生み出されたものであることが判然とする。焼津の大型船を見ると、この事実が理解できる。焼津の漁船は、焼津の漁業の特殊な要求に応じて考案されたもので、日本全国津々浦々にかつお節を供給している。それゆえ、焼津の漁船は、荒海を乗り切るだけの力を持っていなければならないのである。

この大型の漁船を海へ押し出したり、引き上げたりする作業は大変な労作《ろうさ》であるが、村じゅうがこの仕事を手伝う。平たい木の枠が、浜の傾斜地に一列に並べられ、たちまちのうちに臨時の滑走路ができあがる。そして、その木枠の上を底の平たい船が長いロープで引き揚げられたり、押し出されたりするのである。百人もの人間が、一艘の船を動かすために働いている。男たちも女たちも、それに子供たちまでもが加わって、妙にもの悲しい唄を歌いながら船を引っぱっている。台風がやって来るときには、船は町の通りのあたりまで引き揚げられる。

こうした作業の手伝いをしてみると、なかなかおもしろいことがある。私が異国の人間だと分かると、漁師たちは手伝いのお礼にと海の珍しい産物を見せてくれる。足のとてつもなく長い蟹とか、腹を異常に大きく膨らませたフグとか、あるいは手に触れてみなければ自然界の生きものだとは思われないような、妙な形をした海の生きものだとかを、彼らは私に見せてくれるのである。

船首にお札が貼られている大型船が、この浜で最も奇異な存在というわけではない。もっと目立つものといえば、竹を割って作った餌籠がある。それは高さ二メートル近くあり、周囲は四十五メートルもあり、丸いドーム型の天辺には、小さな穴が開いている。この大きな竹籠が防波壁に沿ってずらりと干してあるのを少し遠くから眺めてみると、家か小屋か何かと見違えるくらいである。それから鋤《すき》のような形をした、金属板を張ってある木製の大きな錨《いかり》が置いてある。四本の爪の付いた鉄の錨や杭を打ち込むのに使うばかでかい木槌《きづち》もある。そのほか、何の目的に用いるのか見当もつかない珍しい道具類が置いてある。

その道具類の一つ一つが、何ともいえず奇妙で古びていて、初めて目にする者には、時間と空間を遠く隔てた、遥か古代の遺物のような不気味さを感じさせる。現に今見ているものすべてが、現実のものかどうかを疑わせるような気持にさせるのである。焼津の生活そのものが、たしかに何世紀も昔からの生活そのままなのである。また焼津の人々も、旧い日本の庶民そのものである。彼らは子供のように率直で親切、また子供のように善良なのである。まったくの正直者で、これからの世の中のことなどには頓着せず、昔ながらのしきたりを守り、太古からの神々を大切に敬《うやま》っている。

私はたまたまお盆の日に、死者たちのお祭の三日間の日に焼津に来ていた。そこで、最後の三日目のあの美しい訣《わか》れの儀式、精霊流《しょうろうなが》しをぜひ見学したいものだと思っていた。日本の多くの地方では、精霊が航海のために乗る小さな舟を供養のためにお供えする。それは帆船や漁船を模して作った小さな模型の舟であるが、この上にお供物と水とたき香などを載せて海に流すのである。もし夜半にこの精霊舟を流す場合は、小さな灯籠を添えたりする。

ところが、焼津では灯籠だけが流される。しかも、暗くなってからそれは流されるということであった。ほかの地方では、普通、夜中がその時刻であるから、焼津でもまたその時が、精霊舟を流す訣れの時刻だろうと想像していた。そして、私はその見学に間に合うようにと夕食を取り終えたのだが、その後、うかつにもうたた寝をしてしまった。十時にふたたび浜の方へ行ってみると、すべては済んでおり、誰もが家路に着いた後であった。

沖の方を見ると、蛍火の長い群れのようなものが見えた。それは、列を成して海へ漂い流れる灯籠であった。灯籠はすでにかなり遠くまで流れ出ていて、色の付いた灯の光があちこちに点滅しているにすぎなかった。私はひどくがっかりしてしまった。自分の失態で絶好の機会を逃してしまったのではないかと思った。こうした昔ながらのお盆の風習は、今や急速に失せつつあるのだから。

そのとき、私はあの灯籠の灯の所までいっそのこと泳いで行ってみようと心に決めた。灯籠はゆっくりと流れている。私は海岸に着ているものを脱ぎ捨て

ると、海に飛び込んだ。海はおだやかで、かすかな燐光が美しくまたたいていた。私が抜き手を切るたびに、黄色い火の流れが燃えた。

私は速く泳いだ。そして、思ったよりも早く最後尾の灯籠に追いついた。しかし、この小さな精霊舟の邪魔をしたり、その静かな航海の進路を変えてしまったりするのは、心ない仕打ちだと思った。それで、私はこの精霊舟の近くを泳ぐことにし、その様子を仔細に観察することで満足することにした。

灯籠の構造は、すこぶる単純なものであった。底は縦横二十五センチぐらいの、真四角の部厚い板だった。その底板の四隅に、高さ十五センチぐらいの細い棒が立っていて、垂直の四本の柱の上部を棒で結び付け、四方に紙を張って支えているのであった。底板の裏の真中から打ちつけた長い釘が出ていて、明りのついたロウソクが立ててある。

その上の方は開いており、四方には五色の紙――「青」「黄」「赤」「白」「黒」――で彩られていた。その五色の紙は、それぞれ「空」「風」「火」「水」「土」を象徴していた。この五色は形而上学的には「五仏」と同一のもので、仏教の

「五大」要素を表わしていた。その貼紙のそれぞれの枠は、赤、青、黄になっており、四番目の右半分が黒、左半分が無地で白になっている。この灯籠の貼紙には、いかなる「戒名《かいみょう》」も書いてない。灯籠の中では、ロウソクの焔《ほのお》がちらちらと燃えて揺れているばかりである。

この今にも消えそうな明かりが夜のしじまを漂ってゆくのを、私はじっと眺めていた。灯籠は風や波に煽られて、散りぢりになりながらどこまでも流れてゆく。その一つ一つが、その透かしの色合いを揺らめかせながら、何かに怯《おび》えている一つの生命体のように見える。行き先の見えぬ盲目の潮の流れに乗って、小刻みに震えながらも、外の暗黒の世界へと運ばれてゆく……。

われわれ人間も、海よりも深く、海よりもおぼろげな人生の海の上を漂い流れている灯籠のようなものではなかろうか。お互いが離ればなれとなり、いつしか否応なしにばらばらに解体されてしまう灯籠のようなものなのではなかろうか。やがては、銘々《めいめい》の中に宿っている「思想の灯」も燃え尽きてしまうであろう。すると、あとは哀れな骨組とかつては鮮かな彩り《いろど》をしていた残骸とが、永遠に色あせた「空」の中へと溶解してしまうにちがいない……。

こんなことを考えている刹那《せつな》にさえ、自分は今、本当に一人でいるのかどうか疑わしくなってきた。私のそばで、波間に揺れているものの中に、光のたんなる瞬き以上の何かが存在しているのではないか。今にも消えようとする炎にとりついて、それを眺めている自分を視すえているものがいるのではないか。そう思うと、かすかな悪寒《おかん》が私の体を駆けめぐった。おそらく、海の深みから立ち昇ってきた冷気のせいであろうか、あるいは薄気味の悪い空想が、我身に忍び寄ってきたせいであろうか。

そのとき、この海岸一帯に伝わる古い迷信を私は思い出していた。その迷信とは、「精霊たちが海を渡って行くときは、気をつけろ」という昔からのさりげない警告である。こんな晩にこうして海に出て、精霊たちの灯にちょっかいを出したり、あるいは、たとえそうしたそぶりを見せたりしても、災難に出くわすというのである。私もこんなことをしていたら、将来、怪しげな伝説の主人公に祭り上げられてしまうことであろう……。私は仏式で別れの経文を灯籠の灯に向って唱えると、一目散に岸をめざして泳ぎ帰った。

At Yaidzu (In Ghostly Japan, 1899)

# 虫の音楽家

訳／池田雅之

本作品は「虫の音楽家」（『虫の音楽家』所収）を抄録しました。

虫よ虫鳴いて因果が尽きるなら
——日本の歌

日本を訪ねたら、ぜひ一度はお寺の祭り——縁日に行ってみることだ。日本の祭りは、夜見に出かけた方がよい。無数のカンテラや提灯の明かりで、あらゆるものがひときわ引き立って見える。この祭りを見るまでは、日本の何たるかは理解できず、庶民の暮らしの中に見られる風変わりで粋なものの本当の魅力や、奇怪さと美しさが不思議に溶けあったすばらしさを思い浮かべることはできないだろう。

そんな祭りの夜には、見物客の流れに身を任せながら、子ども向けだが気品があり、こわれそうだが人目を引き、おかしくて笑いを誘うさまざまな玩具があふれている出店通りを、目を見張りながらうろつくことになるにちがいない。悪魔や神様や鬼なども並んでいる。怪物の絵を描いた大きなすかし提灯の万灯にも、驚嘆するであろう。手品師や軽業師や剣舞家や占い師たちが、そこかしこにたむろしている。雑踏の中、どこもかしこも、笛の音が絶えず流れ、太鼓の音が響き渡っている。いずれも、立ち止まって見聞きするほどのことはないかもしれない。

しかし、やがて皆さんは、きっとそぞろ歩きの足を止め、幻灯のように光りかがやく屋台を覗き込むことになるはずだ。中には、小さな木の籠が並び、籠の中からはえも言われぬ甲高い鳴き声が聞こえてくる。鳴き声観賞用の虫を売る商人の屋台でいっせいに響いている鳴き声は、虫の声なのだ。不思議な光景で、外国人ならほとんどが誘い込まれてしまう。

しばしの物珍しさを満喫すると、たいていの外国人は、子供じみた奇妙な玩具をたくさん見ただけだ、などと思って通り過ぎてしまう。東京だけで、虫の商いが年額数千ドルに達するということは容易に理解できようが、それぞれの虫が持ち前の鳴き声に応じて値を付けられると聞くと、きっと首をかしげることだろう。

芸術好きで、とびきり洗練された民族の優美な日常生活の中で、このような虫が、西洋文明社会のつぐみやクジャクやナイチンゲールやカナリアに優るとも劣らぬ地位を占めているとは、外国人の容易に理解できるところではない。一千年も前の繊細で興味深い文学作品に、このようにはかない愛玩用の虫が主題として取り上げられているなどと想像できるだろうか。

このエッセイの目的は、このような事実を解明して、西洋の旅行者たちが無意識のうちに日本人の暮らしのたいへん興味深い細部についていかに皮相な判断を下しているかを示してみることにある。しかしその種の誤解は、ある意味でやむを得ないものだ。いかに善良な意図からであっても、日本人の習慣で風変わりなものを、ひと目で正しく評価するのは不可能である。変則的なものは、ほとんどの場合、外国人が知り得ない感情や信仰や思想に関わるものであるからだ。

お断りしておくが、私がここで語ろうとしている家庭用の虫は、ほとんど夜鳴く虫のことであり、前に随想で書いた「蟬」と混同しないで欲しい。日本のように音を奏でる虫が豊富な国でも、蟬はそれなりにすばらしい演奏家だ。しかし日本人は、夜鳴く虫と蟬の音色の違いを、われわれが雲雀《ひばり》と雀に感ずるのと同じように区別する。そして蟬には、おしゃべり虫という低い地位をあてがっている。だから蟬は、決して籠では飼わない。国民的に籠の虫を愛好するといっても、ただ鳴けばいいというものではないのだ。

だから、一般に好まれている虫の音色は、必ず何らかのリズミカルな魅力ないしは、詩歌や伝説の中で称えられた音色に似た特質を持っている。同じことは、蛙の鳴き声の好みにも見られる。日本人が、蛙の鳴き声なら何でも音楽的だと見ていると考えるのは間違いである。いい音色で鳴く小ぶりの特別な蛙がいるが、それは籠で飼われ、珍重されている。もちろん正確にいえば、虫は歌ったりはしない。しかし、私は以下でときどき「歌い手」とか「歌う虫」とかいった言葉を使う。それは一つには便宜上そうするのだが、いま一つには、日本の虫商人や歌人が、その種の生きものの「声」を表現する際に用いている言葉に合わせているからである。

YAKUMO
25

## 松虫

表意文字で記すと、この虫の名は「松虫」と書くが、発音上は、「待つ」という動詞と「松」という名詞が同じ音なので、「松虫」は「待つ虫」という意味にもなる。「松虫」を詠んだ日本の詩歌の大部分は、主にこの二重の意味の掛け言葉に基づいて作られている。その詩歌の中には非常に古いものが含まれており、少なくとも十世紀に遡ることができる。

「松虫」は決して珍しい虫ではないけれど、鳴く音色がとりわけ澄んで美しいので、大いに珍重されている。日本語の擬声音で表わすと、「チンチロリン、チンチロリン」と鳴く。その鳴き声は、小さな銀の鈴のような音声で、遠くで電鈴の音を聞くのに似ていると言えばよかろうか。「松虫」は松林や杉林の中に棲んでいて、夜になると、その音楽を奏で始める。大変小さな虫で、背はこげ茶色で、腹は黄色っぽい色をしている。

「松虫」を詠んだ最も古い和歌は、おそらく『古今集《こきんしゅう》』に載っているものであろう。『古今集』は、九〇五年、宮廷歌人の紀貫之とその仲間の貴族たちが編纂した有名な和歌集である。その中に、この「松虫」という名を用いた言葉遊びの作品がはじめて登場する。この様式は、九百年以上にわたる文学伝統を通じて、多くの歌人たちが、幾千通りものさまざまな調べに乗せて繰り返し用いてきた手法である。

秋の野に道もまどひぬまつ虫の声するかたに宿やからまし　（読み人知らず）

「秋の野で、私は道に迷ってしまった。――松虫の鳴く声の方角に一夜の宿を求めてみることにしよう」つまり、「松虫が待ってくれている草の上で、今宵は休むとしよう」という意味である。同じ『古今集』の中には、さらに美しい貫之の歌がある。

夕されば人まつ虫のなくなへにひとりある身ぞ置き処なき　（紀貫之）
（暗くなってくると、松虫が鳴きはじめる。私も恋人を待とう。一人で虫の声を聴いていると、思いもますます募ってくることだ）

## 鈴虫

「鈴虫」という名称は、「鈴の虫」という意味である。しかし、その音色を示している「鈴」とは、きわめて小さな鈴のことか、もしくは神道の巫女《みこ》が巫女舞に用いる束になった鈴のことを指している。「鈴虫」は、虫の愛好家たちにはとても人気があり、市場に出すために大量に養殖されている。野生のものも、日本の各地で見られ、夜など、人里離れたところでは、「鈴虫」が群れをなして鳴いているのを聞くと――私も一度ならず間違えてしまったのだが――よく早瀬の音と聞き違えてしまう。

日本人が「鈴虫」の形を黒いスイカの種に似ているといったが、言い得て妙である。鈴虫は黒い背と、白か黄色味がかった腹をした、ごく小さな虫である。日本人はその音を日本語で「リイイイン」と表記しているが、いかにも鈴の鳴る音と聞き違えられやすい。松虫も鈴虫も、延喜年間（九〇一～二三）の詩歌の中で取り上げられている。

次の「鈴虫」を詠んだ和歌には、かなり古いものも含まれているが比較的新しい作もある。

こころもて草のやどりをいとへどもなほ鈴虫の声そ古りせぬ

（『源氏物語』鈴虫の巻）

（そう、我家は古くなった。屋根には、雑草がのびほうだいだ。でも鈴虫の声は、決して古びてしまうことはない）

よその野になく夕くれの鈴虫は我故郷《ふるさと》のおとときこゆる
（見知らぬ土地で、鈴虫の声を耳にしている。夕暮のとき、わが故里の声のように甘く切なく聞こえてくる）

鈴虫の声の限りをつくしてもながき夜飽かずふる涙かな

（『源氏物語』桐壺の巻）

（鈴虫が声の限りを尽くして鳴いてくれても、せんかたないこと。この長い夜に、私の涙は決して涸れ果てることがないのだから）

## 機織《はたおり》虫

「機織」とは、非常に優美な形をした、明るい緑色のキリギリスのことである。この虫に一風変った名前がつけられたのには、二つの理由がある。一つは、この虫をあるつかみ方をしてみると、虫のもがく姿が機を織る娘の動きに似ていることである。もう一つの理由は、虫の奏でる音楽がちょうど手織機で布を織るときの筬《おさ》と梭《ひ》の音——「ジイイイ——チョンチョン——ジイイイ——チョンチョン」という音を真似ているように聞こえてくるからである。

機織とキリギリスの由来については、昔、日本の子供たちに語り伝えられていた美しい民話がある。

昔、昔、目の見えない年寄りの父親を手仕事をして養っていた二人の親孝行娘がいた。姉は機を織り、妹は針仕事をした。しかし、やがて父親が亡くなってしまうと、二人の心優しい娘たちはたいそう悲しんで、死んでしまった。ある晴れた朝、今まで見たこともないような生きものが、二人の姉妹の墓の上で音楽を奏でていた。姉の墓の上では、美しい緑色の虫が、娘が機を織るときの音——「ジイイイ、チョンチョン、ジイイイ、チョンチョン」という音を立てていた。これが、機織虫のはじまりと言われている。

また妹の墓の上では、一匹の虫が「ツヅレ、サセ、サセ、ツヅレ、ツヅレ、サセ、サセ」（破れた衣服のほころびをつくろいなさい、つくろいなさい）といって鳴いていた。

これが、キリギリスのはじまりと言われている。そこで、みんなはこの親孝行娘たちの魂が虫の姿になったことを知った。今でも秋になると、この虫たちは、女房たちや娘たちに機織場でしっかり働きなさい、冬の寒さに備えて、冬物の衣服のほころびをつくろっておきなさい、と鳴いているのである。

私が収集できた機織に関する詩歌は、ちょっとした美しい空想を詠んだものにすぎない。次に紹介する二首は、私の意訳によるものである。はじめの作品は紀貫之のもので、二番目のものは、「顕仲卿女《あきなかきょうむすめ》」として知られている女流歌人の作である。

秋くればはたおるむしのあるなへに唐錦《からにしき》にもみゆる野辺かな

（古今和歌六帖）

（機織虫の鳴く声が聞こえる。秋の野辺は唐錦のようだ。機織虫が、織ったのであろうか）

ささかにの糸引かくる叢《くさむら》にははたおる虫の声そきこゆる

（くもの巣が、生垣や草の上に張られている。機織虫の鳴く声が聞こえている。あの虫たちが、くもの糸でそれを織ったのだろうか）

ある特定の虫を詠んだ和歌のほかに、広く夜に鳴く虫の声について——主に秋の季節にちなんで——詠んだ和歌が、古代、近世を問わず、無数にある。そのたくさんの和歌の中から、幾多の感情と空想が生み出した典型的な作品を、とくに有名な数首に限って、翻訳し紹介してみよう。私の翻訳の中には、逐語訳的でないものがいくつか含まれているが、原作のもつ思想と感情は、忠実に伝えていると信じている。

わがために来る秋にしもあらなくに虫の音《ね》聞けばまつぞかなしき　（『古今集』）

（自分だけのために秋がやって来るのではないことを、私は知っている。でも、虫が鳴くのを聞けば、たちまちのうちに淋しさが募ってくることだ）

秋の夜はねられざりけりあはれともうしとも虫の声をききつつ　（筑波子『草野集』）

（うすら寒い秋の夜は、なかなか寝つくことができない。くる虫の物悲しげな鳴き声には、心の痛みが聞こえてくるからだ）

露しげき野やいかならん終夜《よもすがら》枕に寒き虫の声かな　（『新英集』）

（露がしきりに落ちる野辺はどんな様子であろうか。忍び寄る虫の声には、震えるような寒さの音色がすることだ）

秋の野は分け入る方もなかりけり虫の声ふむ心地せられて　（『新竹集』）

（わざわざ秋の野に分け入ったりはすまい。鳴いている虫たちを思わず踏んだりしたら、私は一体どんな気持に襲われるだろうか）

鳴く虫の一つこゑにもきこえめはこころごころに物や悲しき　（和泉式部）

（虫の歌はいつも同じように聞こえてくるけれど、その調べはそれぞれにちがっているものだ。虫の悲しみも、それぞれの心に応じてさまざまであろう）

秋の野の草の袂《たもと》に置く露は音《ね》に鳴く虫の涙なるらん　（土満『秋草集』）

（草の上でうち震えている露よ――露たちは去りゆく秋の涙なのか。今も、露たちは、悲しげにしきりに泣いている虫の歌い手たちの涙なのであろうか）

今取りあげた和歌の何首かは、作者が想像した虫の心の苦しみに対する真の同情、あるいは作意に満ちた同情を表明しようと意図して詠まれた作品である、と考える人もいるであろう。しかし、それは誤った解釈である。こうした形式の作品の多くの場合、その芸術的な目的は暗示的な手法によって、恋情のさまざまな相を、とりわけ自分自身の熱い思いを自然の移ろう姿や自然の発する声音に託して、その憂愁の想いをほのめかすことにある。

露は虫の涙かもしれないという一風変った空想《ファンタジー》は、その誇張された表現によって、人の涙が新たにとめどなく流されたことを暗示していると共に、その悲しみが並々ならぬものであったことを示している。女流歌人は、雨が激しく降りしきっている間、鈴虫に同情せざるを得なくなって、恋しさが募ってきたと詠《うた》っている。しかし、この和歌にしても、実のところは、大雨の降る時節に遠く旅にある恋人のことを思いやり、優しい心遣いを歌に託して詠っているのである。また「虫の声ふむ」という一句に表明された、奥ゆかしいためらいの心は、恋心が生んだ優しい女心の昂ぶりであることもそれとなく伝えている。そして、この歌にもまさる二重のほのめかしの実例は、このエッセイの冒頭に掲げておいた次の一句であろう。

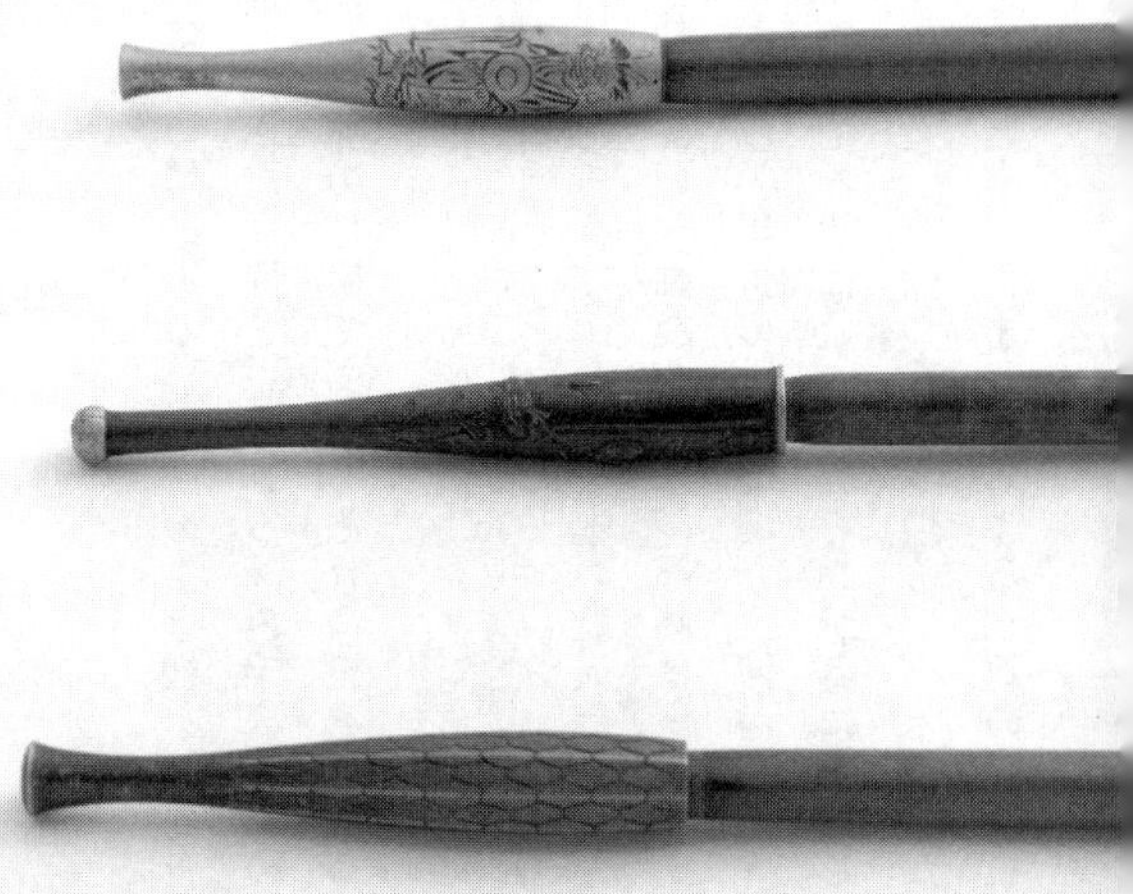

## 虫よ虫鳴いて因果が尽きるなら

西洋の読者は、これは虫の境遇あるいは虫の生き様を詠んだものと思われるかもしれない。しかし、たぶん女性と思われる詠み手の本当の心は、自分の悲しみの原因は前世に犯した罪の結果であり、それゆえそれから免れることはできないと嘆いているのだ。

ここに引用した詩歌は、秋に関するもので、秋の感傷を詠んだものであることがおわかりいただけるであろう。確かに日本の歌人は、秋という季節がかもし出す深い憂愁に無感動ではいられなかった。それは、祖先から受け継いできた不思議で漠然とした苦しみの年毎《としごと》の再現であり、何百万という悲しみの記憶なのだ。しかしこの憂愁を語る時はいつも、それが真に意味しているのは、別離の悲しみである。それゆえ、季節の色がうつろい、木の葉が舞い、虫の音が哀哭《あいこく》する秋は、仏教でいう無常、つまり死による別離の必然、煩悩の苦しみ、孤独の悲哀を象徴しているのである。

しかし、虫に関するこのような歌は、もともと恋慕の情を詠んだものだとしても、自然の不思議な変化——ありのままの純粋な自然——を、想像と記憶の中で呼び起こさせるものではないだろうか。日本の家庭生活や文学作品で、虫の音楽が占める地位は、われわれ西洋人にはほとんど未知の分野で発達した、ある種の美的な感受性を証明してはいないだろうか。宵祭りに、虫商人の屋台で鳴きしだく虫の声は、西洋では希有な詩人しか感知し得ない事がら——悲喜こもごもの秋の美しさ、夜の妖しく甘美なざわめき、林野を駆けめぐっては魔法のように記憶を呼び覚ます木霊《こだま》——であるが、これらは、日本の一般民衆に広く理解されているということを示してはいないだろうか。

われわれ西洋人は、ほんの一匹の蟋蟀《こおろぎ》の鳴き声を聞いただけで、心の中にありったけの優しく繊細な空想をあふれさせることができる日本の人々に、何かを学ばねばならないのだ。われわれ西洋人は、機械分野では彼らの師匠であり、ありとあらゆる醜悪なものの組み合わせの産物である人工的なものにおいて、日本人の先生であることを誇ることができよう。しかし、自然に関する知識や、大地の美と歓喜の感得という点では、古代ギリシア人のように、日本人はわれわれを凌いでいる。だが、われわれの極端な工業化が、彼らの楽園を荒廃させ、いたるところで美を、実利、陳腐さ、低俗さ、醜悪なものに置き換えた後で初めて、われわれは、破壊したものの魅力を、悔悟の念に駆られながら豁然《かつぜん》と理解することになるのであろう。

Insect-Musicians（Exotics and Retrospectives, 1898）

# 逆引き図像解説

YAKUMO 1
**自筆の絵**（『妖魔詩話』より）　17頁
児童用の藁半紙ノートに青黒インクで描いたろくろ首。

YAKUMO 2
**自筆の絵**（『リ・エコー』より）　23頁
山頂に一羽の鷲。『リ・エコー』は、没後五十年を記念して長男・一雄が八雲の家庭教育内容をまとめた一冊。

YAKUMO 3
**『LA CUISINE CREOLE』**（一八八五年刊）　24頁
世界初のクレオール料理の本。

YAKUMO 4
**名刺**　26頁
松江、熊本、神戸、東京と四都市にくらした八雲。名刺の住所（東京・大久保）が最後の住まいとなった。

YAKUMO 5
**和服姿の八雲**　27頁
来日後、松江で初めての正月を迎えたときのもの。

YAKUMO 6
**旧居の玄関**（松江市）　30頁
旧松江藩士の屋敷に、5カ月間くらした。現存。

YAKUMO 7
**旧居の庭**（松江市）　32頁
「庭のある侍の屋敷」に住むのが夢だった。

YAKUMO 8
**家族写真**　37頁
長男・一雄の七五三の記念写真。神戸にて。

YAKUMO 9
**日本に向けてニューヨークを出発した時の姿**　39頁
共に来日したウェルドンによる線画。来日時、「私はここで死にたい」と八雲は言った。

YAKUMO 10
**自筆の絵**（『リ・エコー』より）　40頁
月と蝙蝠と柳の絵。

YAKUMO 11
**和鏡**（狸と南天）　44頁
セツ夫人が東京の骨董屋で買い求めたもの。『骨董』（一九〇二年刊）で狸の話を書いた八雲は大喜びした。

YAKUMO 12
**お化け行燈**　48頁
絵草紙の玩具。組立式のこの行燈をとくに気に入った。

YAKUMO 13
**印鑑**　73頁
西洋人の八雲は印鑑を好み、用途により使い分けた。

YAKUMO 14
**『JAPANESE GOBLIN POETRY』**　74頁
両表となっている『妖魔詩話』の英語側の表紙。

YAKUMO 15
**『妖魔詩話』**（一九三四年刊） 77頁
没後三十年の節目に、装幀を凝らした限定本が刊行。

YAKUMO 16
**セツ夫人が愛用した小封筒** 88頁
絵柄は狂言の演目。左は「蚊相撲」、右は「伯母が酒」。

YAKUMO 17
**織見本帳** 92頁
セツ夫人がつくった木綿の織見本帳。自身で織りあげた布の端切を、帳面に貼り付けて見本帳にした。

YAKUMO 18
**隠岐旅行メモ** 97頁
一八九二年、セツ夫人を伴い隠岐諸島を訪れる。人名や伝説、印象を書き残したメモは、113頁にわたる。

YAKUMO 19
**肖像写真**（最晩年） 100頁
写真はいつも右からのアングルで収まった。

YAKUMO 20
**富士登山の写真** 108頁
松江時代の教え子と念願の富士登山を果たした。

YAKUMO 21
**セツ夫人宛ての手紙** 112頁
避暑で焼津滞在中に、留守を預かるセツ夫人に宛てて。

YAKUMO 22
**絵手紙のコラージュ** 118頁
冒頭、「やいづのパパカラ　カワイ　ママニ」とある。

YAKUMO 23
**自筆の絵**（『リ・エコー』より） 124頁
海から望む富士山。「楽園」とまで呼んで、最晩年に6度の夏を過ごした焼津（静岡）からの眺望と思われる。

YAKUMO 24
**自筆の絵**（『リ・エコー』より） 130頁
焼津の海岸。書名は長男・一雄によるもので「私の作品はエコーに過ぎない」と語っていた八雲へのオマージュ。

YAKUMO 25
**遠眼鏡** 137頁
左目を失明し、右目も強度の近視だった八雲は、遠眼鏡と虫眼鏡が必需品だった。

YAKUMO 26
**煙管** 149頁
日本の煙管をたいへん好んだ。金具のデザインに凝り、複数所有。仕事の合間の一服が楽しみだった。

YAKUMO 27
**蓮弁** 153頁
葬儀の際に用いられたもの。一九〇四年九月二十六日、五十四歳で逝去。日本式の葬儀で八雲は見送られた。

## この人

# 小泉八雲《こいずみやくも》

作家・ジャーナリスト（一八五〇〜一九〇四）

アイルランド人の父とギリシャ人の母の間に生まれる（出生地：ギリシャ、出生名：パトリック・ラフカディオ・ハーン）。二歳でダブリンに移り祖母の妹に引き取られる。十六歳で左目を失明。十九歳でアメリカに渡り、新聞社勤務の傍ら文筆に励む。三十九歳で来日し、松江で英語教師の職を得て、小泉セツと結婚。四十六歳で帰化し「小泉八雲」に改名。セツ夫人から聞いた民間伝承や怪談、自ら観察した風土や習慣など、それまで光をあてられることのなかった日本の面影を英語で執筆。

あの人

# 小泉セツ・リーチ・水木しげる

夫人で助手

八雲に憧れた人

出雲の霊感

『**八雲の妻―小泉セツの生涯**』
小泉セツ著（今井書店）
二人だけに通じ合う独特の「ヘルンさん言葉」を駆使して八雲と生活を共にした小泉セツ。妻であり、時に再話文学の助手も務めたパートナーの評伝。

『**陶工の本**』
バーナード・リーチ著（河出書房新社）
香港で生まれ、小泉八雲の本を読んだことがきっかけで来日したイギリス人陶芸家のリーチ。民藝運動への深い関わりから生まれた近代陶芸の聖典。

『**水木しげるの古代出雲**』
水木しげる著（角川文庫）
出雲出身のセツ夫人と同世代の「のんのんばあ」から島根地方の民間伝承を聞いて育った漫画家・水木しげる。自身のルーツの謎に迫る古代出雲史。

●本書に収録した「小泉八雲の言葉」は以下の本から抜粋しました。
『新編 日本の面影』（二〇〇〇年　角川ソフィア文庫）〔15頁、18頁、21頁、28頁、33頁、38頁〕、『心』（一九五一年　岩波文庫）〔16頁、20頁〕、『さまよえる魂のうた』（二〇〇四年　ちくま文庫）〔22頁、36頁〕、『新編 日本の面影Ⅱ』（二〇一五年　角川ソフィア文庫）〔25頁、34頁、35頁〕、『小泉八雲東大講義録』（二〇十九年　角川ソフィア文庫）〔29頁〕

●本書に収録した作品は以下を底本としました。
「GHOSTLY MAGAZINE 幽 vol.22」（二〇一五年　角川書店）
『新編 日本の怪談』（二〇〇五年　角川ソフィア文庫）
『小泉八雲秘稿画本 妖魔詩話』（一九三四年　小山書店）
『新編 日本の面影』（二〇〇〇年　角川ソフィア文庫）
『虫の音楽家』（二〇〇五年　ちくま文庫）

---

●「くらしの形見」収録品および本文図版クレジット
所蔵・提供・撮影協力＝小泉八雲記念館
本文図版〔21〕＝個人蔵（焼津小泉八雲記念館写真提供）
撮影＝永禮賢

MUJI BOOKS 人と物 13

小泉八雲《こいずみやくも》

2020年9月1日　初版第1刷発行

著者　小泉八雲
訳者　池田雅之、円城塔、平井呈一
発行　株式会社良品計画
〒170-8424
東京都豊島区東池袋4-26-3
電話 0120-14-6404（お客様室）

企画・構成　株式会社良品計画、株式会社EDITHON
編集・デザイン　櫛田理、渡辺敬子、広本旅人、佐伯亮介
印刷製本　シナノ印刷株式会社
協力　小泉家、小泉八雲記念館
ご協力いただいたすべての皆様に御礼申し上げます。

ISBN978-4-909098-24-5　C0195